Loriot | Die Jodelschule

Loriot

Die Jodelschule
und andere dramatische Werke

Mit einem Nachwort von
Wieland Schwanebeck

Reclam

RECLAMS UNIVERSAL-BIBLIOTHEK Nr. 14435
2023 Philipp Reclam jun. Verlag GmbH,
Siemensstraße 32, 71254 Ditzingen

aus: Loriot, *Dramatische Werke*
Hrsg. Susanne von Bülow, Peter Geyer, OA Krimmel
Lizenzausgabe mit freundlicher Genehmigung
der Diogenes Verlag AG Zürich

Gestaltung: Cornelia Feyll, Friedrich Forssman
Umschlagillustration: Aus *Loriots Heile Welt.* Neue, veränd. Aufl.
Zürich 1980. © 1973 Diogenes Verlag AG Zürich
Druck und Bindung: Druckerei C.H.Beck,
Bergerstraße 3–5, 86720 Nördlingen
Printed in Germany 2023
RECLAM, UNIVERSAL-BIBLIOTHEK und
RECLAMS UNIVERSAL-BIBLIOTHEK sind eingetragene Marken
der Philipp Reclam jun. GmbH & Co. KG, Stuttgart
ISBN 978-3-15-014435-0
www.reclam.de

FSC
www.fsc.org
MIX
Papier aus verantwortungsvollen Quellen
FSC® C019821

Deutsch für Ausländer

In unserer 8. Lektion für die Mittelstufe behandeln wir zunächst den Unterschied zwischen dem unbestimmten Artikel und dem Possessivpronomen, wobei wir gleichzeitig das Konjugieren im Präsens üben.

Ein Herr und eine Dame liegen unbekleidet im Ehebett.

ER. Wie heißen Sie?
SIE. Ich heiße Heidelore.
ER. Heidelore ist ein Vorname.
SIE. Ja, Schmoller ist mein Nachname. Mein Mann heißt Viktor.
ER. Ich heiße Herbert.

MODERATOR *(im Fernsehstudio).* Die Endungen der starken und schwachen Verben sind im Präsens gleich. Beachten Sie die Verwendung der Hilfsverben »sein« und »haben« und den richtigen Gebrauch der Zahlwörter.

SIE. Wir besitzen ein Kraftfahrzeug. Mein Mann fährt mit der Bahn ins Büro.
ER. Ich bin 37 Jahre alt und wiege 81 Kilo.
SIE. Viktor ist fünf Jahre älter und ein Kilo schwerer. Sein Zug fährt morgens um 7 Uhr 36.
ER. Mein Onkel wiegt 79 Kilo. Sein Zug fährt um 6 Uhr 45.
SIE. Mein Mann ist fest angestellt. Er arbeitet bis 17 Uhr 30.
ER. Ich habe drei Cousinen. Sie wiegen zusammen 234 Kilo.

MODERATOR *(im Fernsehstudio).* … und nun bilden wir den Konjunktiv durch Umlaut aus dem Imperfekt des Indikativs und üben das bisher Gelernte.

SIE. Wenn Viktor eine Monatskarte hätte, käme er um 18 Uhr 45.

ER. Würde ich vier Cousinen haben, wögen sie 312 Kilo.

Der Ehemann betritt das Schlafzimmer

VIKTOR. Ich heiße Viktor. Ich wiege 82 Kilo.

ER. Ich heiße Herbert. Mein Zug fährt um 19 Uhr 26.

SIE. Das ist mein Mann.

ER. Das ist meine Hose.

VIKTOR. Das ist meine Aktentasche.

MODERATOR *(im Fernsehstudio).* So viel für heute. Und nicht vergessen: Alle weiblichen, einsilbigen Substantive ohne Umlaut werden schwach dekliniert.

Bundestagsrede

Seit kurzem hat sich die Szene in Bonn verändert. Der zurzeit parteilose Abgeordnete Werner Bornheim hielt eine Rede, die für einen neuen politischen Stil richtungweisend sein könnte. Werner Bornheim gehörte in der Weimarer Republik der Deutschen Volkspartei an, wurde nach dem Kriege Mitglied der LAP, wechselte 1952 aus Gewissensgründen zur CDU und stieß 1957 zur FDP. 1961 legte er jedoch sein Mandat nieder und wurde Landtagsabgeordneter der SPD. 1964 überwarf er sich mit dieser Partei und zog als CSU-Abgeordneter in den Bundestag ein. Danach war er noch je zweimal Abgeordneter der SPD und der CDU, bevor er aus Gewissensgründen vorerst die Parteilosigkeit wählte. Die Rede, die Werner Bornheim am vergangenen Montag im Bundestag hielt, stellt durch ihre Unbestechlichkeit und ihre politische Linie, so meine ich, alles in den Schatten, was man an Äußerungen von Seiten der Regierung gehört hat.

BORNHEIM. Meine Damen und Herren. Was kann als Grundsatz parlamentarischer Arbeit betrachtet werden? Politik bedeutet, und davon sollte man ausgehen, das ist doch – ohne darum herumzureden – in Anbetracht der Situation, in der wir uns befinden. Ich kann den Standpunkt meiner politischen Überzeugung in wenige Worte zusammenfassen: erstens das Selbstverständnis unter der Voraussetzung, zweitens, und das ist es, was wir unseren Wählern schuldig sind, drittens, die konzentrierte Be-inhal-tung als Kernstück eines zukunftweisenden Parteiprogramms. Wer hat denn, und das muss vor diesem hohen Hause einmal unmissverständlich ausgesprochen werden. Die wirtschaftliche Entwicklung hat sich in keiner Weise … Das wird auch von meinen Gegnern nicht bestritten, ohne zu verkennen, dass in Brüssel, in London die Ansicht herrscht, die Regierung der Bundesrepublik habe da – und, meine Damen und Herren … warum auch nicht? Aber wo haben wir denn letzten Endes, ohne die Lage unnötig zuzuspitzen? Da, meine Damen und Herren, liegt doch das Hauptproblem. Bitte denken Sie doch einmal an die Altersversorgung. Wer war es denn, der seit 15 Jahren, und wir wollen einmal davon absehen, dass niemand behaupten kann, als hätte sich damals – so geht es doch nun wirklich nicht! Ich habe immer wieder darauf hingewiesen, dass die Fragen des Umweltschutzes, und ich bleibe dabei, wo kämen wir sonst hin, wo bliebe unsere Glaubwürdigkeit? Eins steht doch fest, und darüber gibt es keinen Zweifel. Wer das vergisst, hat den Auftrag des Wählers nicht verstanden. Die Lohn- und Preispolitik geht von der Voraussetzung aus, dass die mittelfristige Finanzplanung, und im Bereich der Steuerreform ist das schon immer von ausschlaggebender Bedeutung gewesen …

Meine Damen und Herren, wir wollen nicht vergessen, draußen im Lande, und damit möchte ich schließen. Hier und heute stellen sich die Fragen, und ich glaube, Sie stimmen mit mir überein, wenn ich sage … Letzten Endes, wer wollte das bestreiten! Ich danke Ihnen …

Marzipankartoffeln

In einer Fabrikhalle der Schwerindustrie interviewt der Reporter Schmoller einen der Direktoren. Beide Herren tragen Schutzhelme. Sie stehen neben Hunderten von Stahlarbeitern, die damit beschäftigt sind, Marzipankartoffeln in Geschenkpackungen abzufüllen.

SCHMOLLER. Wir befinden uns hier in der Halle 3 der Rhein-Ruhrstahl AG Duisburg-Ruhrort. Dieser Betrieb ist der zweitgrößte Lieferant auf dem Spezialgebiet gepanzerter Gefechtsfahrzeuge und der fünftgrößte Rohstahlproduzent der Welt. Herr Direktor Benzheimer, das Weihnachtsfest hat Sie veranlasst, die Produktion vorübergehend umzustellen. Was wird hier im Rhein-Ruhrstahl-Zentralwerk zur Zeit produziert …

BENZHEIMER. Marzipankartoffeln …

SCHMOLLER. Marzipankartoffeln … Herr Direktor, das ist sehr interessant. Was war ausschlaggebend für die Entscheidung, von Schützenpanzerwagen auf Marzipankartoffeln umzusteigen?

BENZHEIMER. Die Nachfrage, Herr Schmoller, die Nachfrage. Sie werden verstehen, dass der Schützenpanzerwagen MS 08-72 auf dem Gabentisch, auch in netter Form, nicht gern gesehen ist. Unsere Herren im Außendienst haben festgestellt, dass seit Anfang Dezember grade in Bundeswehrkreisen das Interesse an gepanzerten Gefechtsfahrzeugen stark zurückgegangen ist, während im gleichen Zeitraum die Nachfrage nach Marzipankartoffeln um mehr als das Dreifache zugenommen hat.

SCHMOLLER. Aber waren da nicht rein technisch gesehen gewisse Schwierigkeiten zu … äh …

BENZHEIMER. Herr Schmoller, rein produktionstechnisch besteht zwischen dem Gefechtsfahrzeug MS 08-72 und einer hochqualifizierten Marzipankartoffel kein nennenswerter Unterschied. Es ist letzten Endes einfach eine Geschmacksfrage …

SCHMOLLER. Ah ja … aber wenn ich richtig informiert bin, hat die Marzipankartoffel im Ernstfall einen geringeren Kampfwert als der Schützenpanzer MS 08-72.

BENZHEIMER. Sehr richtig, die Marzipankartoffel lässt sich natürlich nicht so ohne weiteres in das westliche Verteidigungssystem eingliedern. Aber das darf an den Feiertagen selbstverständlich keine Rolle spielen.

SCHMOLLER. Nein, nein. Wie hoch ist zurzeit Ihre Tagesleistung?

BENZHEIMER. Herr Schmoller, gegenüber 35 Schützenpanzern im Monat November haben wir jetzt einen Ausstoß von 48 Marzipankartoffeln *pro Tag.* Diese enorme Produktionssteigerung war nur möglich durch den zusätzlichen Einsatz von fast 2000 Gastarbeitern. Unsere Belegschaft ist damit bis kurz vor den Feiertagen auf rund 6000 angewachsen.

SCHMOLLER. Phantastisch – und haben Sie den Eindruck, dass die Marzipankartoffel der Duisburger Ruhrstahl AG den Produkten anderer Süßwarenkonzerne gleichwertig gegenübersteht?

BENZHEIMER. Herr Schmoller, ich kann Ihnen versichern, dass unser Angebot sogar die Lübecker Ware qualitativ übertrifft. Außerdem ist die Rhein-Ruhrstahl-Marzipankartoffel natürlich rostfrei.

SCHMOLLER. Ah ja, aber die Produktion pflegeleichter Süßware ist offensichtlich nicht ungefährlich …

BENZHEIMER. Das ist eine gute Frage – Herr Schmoller – beim Abstich der Marzipanmasse, die mit 2000 Grad den Hochofen verlässt, ist äußerste Vorsicht geboten. Die Männer sind verpflichtet, den Augenschutz zu tragen.

SCHMOLLER. Und Helme …

BENZHEIMER. Jawohl. Die Helme bieten in der Montagehalle auch gegen herabfallende Marzipankugeln ausreichend Schutz.

SCHMOLLER. Herr Direktor, wann wird der Schützenpanzer MS 08-72 wieder in Produktion gehen?

BENZHEIMER. Das regelt die Nachfrage, Herr Schmoller. Wir können in 24 Stunden umstellen.

SCHMOLLER. Ist daran gedacht … ich meine … wäre es denkbar, äh … dass der Schützenpanzer … der MS 08-72 … künftig weniger als Stahlkonstruktion, sondern vielmehr … äh … mehr auf Marzipangrundlage … ich weiß nicht, ob ich mich da richtig ausdrücke …

BENZHEIMER. Gewiss, Herr Schmoller, das Marzipan als Ausgangsmaterial für Panzerfahrzeuge *hat* seine Vorteile, nur haben wissenschaftliche Nachforschungen internationaler Friedenskommissionen ergeben, dass Marzipan in großen Mengen ebenso unbekömmlich ist wie Schützenpanzerwagen – aber bitte, Herr Schmoller, greifen Sie doch zu …

SCHMOLLER. Oh, sehr freundlich … Herr Direktor Benzheimer, ich danke Ihnen für dieses Gespräch …

Das Beethoventrio

HERR BÖCK *(Bratsche).* Ich dachte eben, was Beethoven wohl gedacht hat, als er das gemacht hat … ich meine, als er das komponiert hat, was er sich *gedacht* hat … ich meine, was er sich *gedacht* hat, wenn er's schon nicht gehört hat …

PROF. PAHLKE *(Violine).* Nicht gehört? 1796, beim Opus 3 hatte Beethoven Ohren wie ein Falke!

HERR BÖCK. Wie ein Falke? Falken haben doch keine Ohren … ich meine …

PROF. PAHLKE. Falken haben keine Ohren? … Na hören Sie mal …

HERR BÖCK. Jaja …

PROF. PAHLKE. Falken hören aus 500 Meter Höhe eine Maus!

HERR BÖCK. So? Aber schließlich konnte Beethoven ja nicht fliegen!

PROF. PAHLKE. Was Sie nicht sagen! Jedenfalls, das Andante aus dem Es-Dur-Trio hat der Meister deutlich gehört!

HERR POCHLOW *(Cello). Wer* hat *was* gehört?

Der Lottogewinner

Der Rentner Erwin Lindemann sitzt im Lehnstuhl seines bescheidenen Wohnzimmers. Den größten Teil des Raumes nimmt ein Fernsehteam ein. Kamera, Scheinwerfer und Mikrophon sind auf Lindemann gerichtet.

KAMERAMANN *(hält den Belichtungsmesser an das Gesicht des Rentners).* Gib noch was drauf ... noch ... Stopp ... *(geht zur Kamera)* ... und mit der Kamera etwas näher ran ...

REGISSEUR. Also, Herr Lindemann, Sie wissen ja, um was es sich handelt. Ein kleiner Film für den Kulturbericht der Abendschau. Sie sagen uns kurz, wie Sie heißen ...

LINDEMANN. Lindemann ...

REGISSEUR. Richtig ... und dass Sie 500 000 D-Mark im Lotto gewonnen haben ... und was Sie damit machen wollen. Wir probieren es jetzt mal ... ohne Kamera ... bitte sehr ...

LINDEMANN. ... Ja ... eben ... dass ich Erwin Lindemann heiße ...

REGISSEUR. Im ganzen Satz ... *Ich ... heiße ... Erwin ... Lindemann ...*

LINDEMANN. Ich ... heiße ... Erwin ... Lindemann, bin Rentner und 66 Jahre ... mit meinem Lottogewinn von 500 000 D-Mark mache ich erst mal eine Reise nach Island ... dann fahre ich mit meiner Tochter nach Rom und besuche eine Papstaudienz ... und im Herbst eröffne ich dann in Wuppertal eine Herren-Boutique.

REGISSEUR. Ge ... nau ... so! Können wir?

KAMERAMANN. Wir können ... Ton ab!

TONMEISTER. Läuft!

KAMERAMANN. Klappe!

KAMERAASSISTENT. Lottogewinner, die erste ... *(schlägt Klappe)*

LINDEMANN *(erschrickt).*

REGISSEUR. Bitte, Herr Lindemann ... genau wie eben ... und ganz entspannt ...

LINDEMANN. Ja, ich heiße Erwin Lindemann, bin Rentner, 66 Jahre, und mit meinem Lottogewinn von 500 000 D-Mark ...

KAMERAMANN. Aus ... Das geht mit dem Licht so nicht ... Geh mal mit dem Halb-K. W. noch weiter rüber ...

BELEUCHTER *(verstellt den Scheinwerfer).*

KAMERAMANN. Gut! ... Wir können ... Ton ab!

TONMEISTER. Läuft!

KAMERAMANN. Klappe!

KAMERAASSISTENT. Lottogewinner, die zweite ... *(schlägt Klappe)*

REGISSEUR. Bitte!

LINDEMANN *(hat die Tätigkeit des Teams irritiert verfolgt).* Ich heiße Erwin Lindemann, ich bin 500 000 Jahre ... halt ... falsch ...

REGISSEUR. Ganz ruhig ... gleich noch mal ... ohne Klappe ...

LINDEMANN. Ich heiße Erwin Lindemann ... ich bin Rentner und 66 Jahre ... *(Das Licht geht aus)*

... mit meinem Lottogewinn von 500 000 D-Mark mache ich erst mal eine Reise nach Island, dann fahre ich mit meiner Tochter nach Rom und besuche eine Papstaudienz, und im Herbst eröffne ich dann in Wuppertal eine Herren-Boutique ...

REGISSEUR. Aus! ... Was ist denn das nun wieder?!
BELEUCHTER. Guck mal nach der Sicherung ...
TONMEISTER. Der Ton läuft!
KAMERAMANN. Kamera auch! ... Und die Birnen?
BELEUCHTER. Weiß nicht ... sind noch zu heiß ... ah! ... Der Stecker is' raus! *(Das Licht geht an)*
LINDEMANN. War es so richtig?
REGISSEUR. Hervorragend ... aber wir hatten da ein Problem ... bitte noch einmal, Herr Lindemann ... und ganz locker ...
TONMEISTER. Ton läuft!
KAMERAMANN. Klappe!
KAMERAASSISTENT. Lottogewinner, die dritte ... *(schlägt Klappe)*
REGISSEUR *(gibt Lindemann ein Zeichen)*.
LINDEMANN. Ich heiße Erwin Lindemann, bin Rentner, 66 Jahre und ... und ein Lottogewinn von 500 000 D-Mark. Erst mal mache ich mit meiner Wupper ... äh ... mit meiner Tochter eine Reise nach Wuppertal und eröffne dann in ... Island eine Herren-Boutique ...
REGISSEUR. Aus! ... Entschuldigen Sie, wenn ich Sie unterbreche, aber Sie planten doch *erst* eine Reise nach Island und wollten *dann* mit Ihrem Fräulein Tochter nach Rom zur Papstaudienz, und im Herbst eröffnen Sie eine *Herren*-Boutique in *Wuppertal* ...
LINDEMANN. Jawohl ...
REGISSEUR. Na, dann erzählen Sie das doch einfach ... Also neue Klappe.
TONMEISTER. Ton läuft!
KAMERAMANN. Klappe!
KAMERAASSISTENT. Lotto, die vierte ... *(schlägt Klappe)*

REGISSEUR. Bitte!

LINDEMANN. Ich heiße Erwin Lottemann …

REGISSEUR. Aus! … *Wie* heißen Sie?!

LINDEMANN. Lottemann … äh … Lindemann!

REGISSEUR. Bitte neue Klappe …

KAMERAASSISTENT. Lotto, die fünfte … *(schlägt Klappe)*

REGISSEUR. Bitte!

LINDEMANN. Ich heiße Lindemann, bin seit 66 Jahren Rentner …

REGISSEUR *(schlägt sich aufs Knie)*. Aus!

LINDEMANN. … und habe 500 000 D-Mark gemacht mit meiner Tochter in Wuppertal … nee!

REGISSEUR. Herr Lindemann …

LINDEMANN. Jetzt weiß ich …

REGISSEUR. Klappe!

KAMERAASSISTENT. Lotto, die sechste … *(schlägt Klappe)*

REGISSEUR. Bitte!

LINDEMANN. Ich heiße Erwin …

KAMERAMANN. Halt … Mikro im Bild …

REGISSEUR. Gleich weiter … ohne Klappe …

KAMERAMANN. Wir haben noch 5 Meter!

REGISSEUR. Bitte!

LINDEMANN. Ich heiße … na! … Erwin … ich heiße Erwin und bin Rentner. Und in 66 Jahren fahre ich nach Island … und da mache ich einen Gewinn von 500 000 D-Mark … und im Herbst eröffnet dann der Papst mit meiner Tochter eine Herren-Boutique in Wuppertal …

REGISSEUR. Danke … das war's.

Filmanalyse

Eine Fernsehdiskussion. Der Moderator sitzt in der Mitte, Herr Kriegel links, Professor Lemmer rechts.

MODERATOR. Zu unserem Filmspektrum haben wir heute zwei intime Kenner der Materie ins Studio gebeten ... Den Filmkritiker der *Offenbacher Rundschau*, Herrn Heiner Kriegel, und den Leiter der Hochschule für Film und Fernsehen in Bebra, Herrn Professor Wolf Lemmer. Wir wollen heute anhand eines betont heiteren Filmes auch einmal die Unterhaltung zu ihrem Recht kommen lassen, die leichte Filmmuse sozusagen ...

KRIEGEL. Entschuldigen Sie, wenn ich unterbreche ...

MODERATOR. Oh, bitte ...

KRIEGEL. Es handelt sich hier um eines der entscheidenden Werke der Filmgeschichte. Begriffe wie »leichte Muse« oder »Unterhaltung« sind da völlig fehl am Platze.

MODERATOR. Ja ... das habe ich grade sagen wollen ...

LEMMER. Dieser Streifen ist ... im Bereich der Filmkunst ... die erste ernsthafte Auseinandersetzung mit der drohenden psychischen Isolierung des Menschen durch die Technik ... im Stil der klassischen griechischen Tragödie ...

MODERATOR. Eben!

KRIEGEL. Oh, nein, Herr ... Lemmer, wir begegnen hier ganz zweifellos einer filmischen Symbolisierung der Ausbeutung unterprivilegierter Volksschichten durch die besitzende Klasse. Das ist doch keine Tragödie!

MODERATOR. Richtig ... aber ich würde sagen, bevor wir weiterdiskutieren, sollten wir den Film erst einmal zeigen. Film ab!

Der Film läuft: Buster Keaton erhebt sich senkrecht aus einem fahrbaren Mülleimer, dessen Deckel auf dem Kopf balancierend, verliert das Gleichgewicht und kippt in die Horizontale. Die Szene dauert etwa fünf Sekunden

MODERATOR. Herr Lemmer, vielleicht beginnen Sie …

LEMMER. Zunächst eine sehr interessante Frage … haben Sie bemerkt, wie kurz dieser Film ist?

KRIEGEL. Nein …

MODERATOR. Nein …

LEMMER. Sehen Sie! Der komprimierte Inhalt, die Fülle von Informationen auf engstem Raum täuschen normale Spielfilmlänge vor, die er in Wahrheit nicht hat …

MODERATOR. Ach …

LEMMER. … aber an diesem Film ist eben auch zweieinhalb Jahre gearbeitet worden … der ist nicht so hingeschludert, wie das heute allgemein üblich ist …

KRIEGEL. Herr Lemmer …

LEMMER. Diese unerwartete Drehung um neunzig Grad in die Horizontale – ohne Zwischenschnitt –, das hat Filmgeschichte gemacht! Noch heute arbeiten bedeutende Regisseure nach dieser Grundidee. Denken Sie nur an Bergman, Sinkel, Fellini … Können wir das noch mal sehen …

MODERATOR. Ja bitte … Film ab!

Der Film wird wiederholt

LEMMER. Das ist gran-di-os gemacht … Verstehen Sie, was ich meine?

KRIEGEL. Nein …

MODERATOR. Ich habe mal einen zauberhaften Film gesehen mit … äh … mit … äh …

KRIEGEL. Herr Lemmer, ich muss sagen, mir ist die Mache

ziemlich schnuppe ... es geht doch um das politische Anliegen des Films ...

MODERATOR. Micky Maus ... jetzt weiß ich's wieder, es war ein Film mit Micky Maus ...

KRIEGEL. Der Mensch im Abfallbehälter ... das ist doch das Volk im Abfall jener Konsumgüter, deren Produktionsstätten sich im Besitz des Großkapitals befinden ... das wird doch mehr als deutlich! Bitte Film ab!

MODERATOR. Film ab!

Der Film wird wiederholt

KRIEGEL. Haben Sie verstanden, was ich meine?

MODERATOR. Ja.

LEMMER. Nein ... Der Mensch ist eingeschlossen in den komplizierten Mechanismus unserer Zivilisation, der bei der geringsten falschen Bewegung aus dem Gleichgewicht gerät ...

KRIEGEL. Herr Lemmer ...

LEMMER. ... und wenn der Mann den Deckel dieses Mechanismus lüftet ... sieht er sich allein gelassen ... von jeder Seite ... auch von links, Herr Kriegel ... auch von links! Bitte Film ab!

MODERATOR. Film ab!

Der Film wird wiederholt

LEMMER. Das ist eine menschliche, völlig unpolitische Konfliktsituation ... vielleicht verstehen Sie jetzt, was ich mit »Tragödie« meine ...

KRIEGEL. Nein ...

MODERATOR. Herr Lemmer meint das mehr irgendwie menschlich ...

KRIEGEL. Herr Lemmer, der Film ist eminent politisch! Dieser Mann signalisiert Systemveränderung! Das kommt doch auch in dieser repressiven Kopfbedeckung zum Ausdruck, von der er sich – im Sturz! – befreit … Bitte Film ab!

MODERATOR. Film ab!

Der Film wird wiederholt

KRIEGEL. Das ist nie ergreifender inszeniert worden! … Da erhebt sich das ausgebeutete Individuum aus dem Untergrund und bietet seinen Unterdrückern die Stirn!

MODERATOR. In diesen Micky-Maus-Filmen kam doch auch immer irgendeiner irgendwo raus …

LEMMER. Herr Kriegel, es muss auch eins noch gesagt werden … neben seiner grandiosen dynamischen Präsenz hat der Sturz des Mannes – im Rahmen der Tragödie – auch so etwas wie eine … heitere Attitüde …

KRIEGEL *(fassungslos)*. Heitere Attitüde? In der Tatsache, dass eine misshandelte Kreatur um ihre Freiheit kämpft, sehen Sie eine »heitere Attitüde«? Ist Ihnen entgangen, dass der Mann den Verschluss seines Gefängnisses wie eine Krone trägt? Film ab!

MODERATOR. Film ab!

Der Film wird wiederholt

KRIEGEL. … Sagten Sie »heiter«, Herr Professor?

LEMMER *(erregt)*. Herr Kriegel, es kann Ihnen doch nicht entgangen sein, dass der Sturz dieses Mannes mit der Tonne in gewisser Weise das Gebiet der Komik streift, womit die Gefahr der *Unterhaltung* nicht ganz auszuschließen ist!

KRIEGEL *(erregt)*. Ein Mensch, der auf der Suche nach Licht und Freiheit strauchelt, dient Ihrer Unterhaltung?!

LEMMER. Das haben *Sie* gesagt!

KRIEGEL *(schlägt mit der Hand auf den Tisch)*

MODERATOR *(der etwas eingenickt war, schreckt auf).* Möchten Sie den Film noch mal sehen?

LEMMER. Nein …

KRIEGEL. Nein …

MODERATOR. Ach …

Studiointerview

Professor Häubl und ein Interviewer sitzen in einem Fernsehstudio vor den Kameras und warten auf das Zeichen zum Beginn ihres Interviews.

INTERVIEWER *(in die Kamera).* … Ist unser Interview jetzt dran? … *(zu Häubl)* … Ich weiß nicht, wann wir im Bild sind … das Rotlicht an der Kamera funktioniert nicht … *(zur Kamera)* … Halloo … hört mich jemand in der Regie? … Halloo … *(zu Häubl)* … Ist da irgendwas mit der Technik?

HÄUBL. *Mich* dürfen Sie da nicht fragen …

INTERVIEWER. Wie meinen Sie?

HÄUBL. Das dürfen Sie *mich* nicht fragen …

INTERVIEWER. Wieso …? Ich habe nur nicht verstanden, was Sie gesagt haben …

HÄUBL. Ich sagte, dass Sie *mich* da nicht fragen dürfen …

INTERVIEWER. Ja, *das* habe ich verstanden … aber davor … was Sie davor gesagt haben …

HÄUBL. Nichts … und Sie … was hatten Sie gesagt?

INTERVIEWER. Ich habe bloß nicht verstanden, was Sie gesagt haben …

HÄUBL. Nein … zuerst, was Sie ganz zuerst gesagt haben …

INTERVIEWER. … ob da was mit der Technik nicht in Ordnung ist …

HÄUBL. Na, das dürfen Sie mich eben nicht fragen …

INTERVIEWER. … Wie bitte?

HÄUBL. Darf ich Sie höflich darauf aufmerksam machen, dass in einer Stunde mein Zug geht?

INTERVIEWER. Sowie ich das Zeichen von der Regie ...

HÄUBL. Wenn Sie also Wert darauf legen, mich zu interviewen ...

INTERVIEWER. Ich warte nur auf das Rotlicht, sowie ich das Zeichen von der Regie bekomme, fangen wir an. Ich arbeite seit Jahren mit diesem Sender und habe so etwas noch nicht erlebt!

HÄUBL. Jedenfalls habe ich nicht die Absicht, hier im Studio zu übernachten!

INTERVIEWER. So?! ... *(lange Verlegenheitspause)* ... Meine Frau ist ein Steinbock ...

HÄUBL. Ich habe einen Langhaardackel ...

INTERVIEWER. Ich bin ein Fisch ... Steinbock und Fisch geht ganz gut ...

HÄUBL. Früher hatte ich zwei Langhaardackel, das ging überhaupt nicht ...

INTERVIEWER. Es kommt natürlich auch auf die Aszendenten an ...

HÄUBL. ... die brauchen ihren Auslauf, müssen täglich gebürstet werden und haben dauernd was mit den Ohren ...

INTERVIEWER. Steinböcke sind im Grunde sehr eigensinnig ... möchten Sie mal ein Foto von meiner Frau sehen?

HÄUBL. Nein danke ... Sind wir jetzt dran?

INTERVIEWER *(zur Kamera)*. ... Ich weiß nicht ... Halloo ... *(zu Häubl)* ... Nein, ich glaube nicht ...

HÄUBL. Hm ... *(klopft mit der Hand auf seine Sessellehne. Pause)*

INTERVIEWER. Kennen Sie eigentlich Bilinsky?

HÄUBL. Nein ...

INTERVIEWER. Günther Bilinsky?

HÄUBL. Nein …

INTERVIEWER. Mit dem war ich in einer Klasse … 1938 … er zog dann nach Böblingen und hat da geheiratet …

HÄUBL. Ach …

INTERVIEWER. Waren Sie mal in Böblingen?

HÄUBL. Nein …

INTERVIEWER. Überhaupt nicht?

HÄUBL. Nein …

INTERVIEWER. Kennen Sie Hartmut Schöttel?

HÄUBL. Nein …

INTERVIEWER. Der ist jetzt auch schon Anfang fünfzig …

HÄUBL. Ach …

INTERVIEWER. Aber sehr amüsant … ich bin ihm nur einmal begegnet …

HÄUBL. Ach …

INTERVIEWER. … in Krefeld … *(Pause)* … Kennen Sie Heinz Riedel?

HÄUBL. Nein, kennen Sie Professor Duwe?

INTERVIEWER. Nein …

HÄUBL. Sehen Sie! *(Pause)* Da … da ist das Rotlicht …

INTERVIEWER. Wo?

HÄUBL. Da!

INTERVIEWER. Wo? … Ah ja! … Herr Professor Häubl …

HÄUBL. Jetzt habe ich keine Lust mehr …

INTERVIEWER. Herr Professor Häubl, Sie sind Inhaber des Lehrstuhls für plasmatische Pneutologie …

HÄUBL. Pneumatische Plastologie …

INTERVIEWER. Was versteht man unter plasmatischer Pneutologie?

HÄUBL. Die pneumatische Plastologie beruht auf neuen Erkenntnissen im psychosomatischen Bereich.

INTERVIEWER. Sa-gen-haft! ... Und was ist das? ... so ungefähr ...
HÄUBL. Atemtechnik.
INTERVIEWER. Genau! ... und?
HÄUBL. Was ... und?
INTERVIEWER. Und was? ... Atemtechnik und was?
HÄUBL. Ich habe einfach keine Lust mehr, Ihnen das zu erklären!
INTERVIEWER *(nach kurzem erschrecktem Umsehen).* Herr Professor, wir sind auf Sendung, und Sie befinden sich in einer rechtlichen öffentlichen Anstalt ...
HÄUBL. Na und?
INTERVIEWER. Dies ist ein öf-fent-liches Haus!
HÄUBL. Toll!
INTERVIEWER *(in die Kamera).* Abschalten!
HÄUBL. Ha!
INTERVIEWER. Schaltet doch eure dämliche Kamera ab!
HÄUBL. Erst sagen Sie mir am Telefon, das Interview dauert nur fünf Minuten, dann sitze ich hier den ganzen Abend rum, und jetzt belästigen Sie mich mit dieser impertinenten Fragerei!
INTERVIEWER *(hysterisch).* Hahahaha ... jeder andere wäre froh, wenn er seinen Quatsch über den Bildschirm verbreiten dürfte!
HÄUBL *(klopft nervös mit der Hand auf die Sessellehne).* Also gut ... die pneumatische Plastologie ermöglicht durch Atemtechnik plastische Veränderungen am eigenen Körper ... Punkt.
INTERVIEWER. Ah ... ja!
HÄUBL. Unter der Voraussetzung äußerster Konzentration!
INTERVIEWER. Können Sie das hier demonstrieren?

HÄUBL. Selbstverständlich!

INTERVIEWER. Dann seien Sie doch so freundlich!

HÄUBL. Ich bitte um äußerste Ruhe ... *(hält den Atem an. Presst. Sein Kopf rötet sich. Sein Zeigefinger wird etwa 30 cm lang und 8 cm dick)*

INTERVIEWER. Sa-gen-haft! ... Ist es ... geht das ... ich meine, können Sie das mit jedem Körperteil?

HÄUBL. Natürlich ...

INTERVIEWER. Ach ...

HÄUBL. Passen Sie auf ...

INTERVIEWER. Neinnein *(schneller Blick zur Kamera)* Vielleicht ist es besser ...

HÄUBL *(gepresst)*. ... Ich bitte um äußerste Ruhe. *(Sein Kopf rötet sich, und seine Ohren vergrößern sich auf das Zehnfache)*

INTERVIEWER. Sa-gen-haft! ... Aber wozu ist das nützlich?

HÄUBL. Nützlich? Herr ... äh ...

INTERVIEWER. Gilling ...

HÄUBL. Herr Gilling, der Wissenschaftler arbeitet uneigennützig im Dienste der Menschheit ... Wissenschaft ist keine Frage der Nützlichkeit, sondern des Fortschritts!

INTERVIEWER. Ah ja ... aber es sieht so ... so unschön aus!

HÄUBL. Natur ist überall schön!

INTERVIEWER. Herr Professor Häubl, könnte beispielsweise auch ich persönlich mich durch konzentrierte Atemtechnik plastologisch verändern?

HÄUBL. Natürlich ...

INTERVIEWER. Jetzt gleich?

HÄUBL. Halten Sie die Atmung an ... heben Sie das Zwerchfell ... konzentrieren Sie sich auf einen Körperteil ... Pressen Sie leicht ... jetzt stärker ...

INTERVIEWER *(presst. Sein Kopf rötet sich, und seine Nase wird etwa 20 cm lang und 15 cm dick)*

HÄUBL. Na bitte!

INTERVIEWER. Sa-gen-haft ... und jetzt wieder zurück!

HÄUBL. Warum?

INTERVIEWER. Unsere Sendezeit ist um!

HÄUBL. Ach so ... *(atmet kräftig aus, sein Finger wird wieder normal)*

INTERVIEWER. Und ich?

HÄUBL. Atmen Sie kräftig aus ... Entspannen Sie das Zwerchfell ...

INTERVIEWER. Ja!

HÄUBL. ... entspannen!

INTERVIEWER. Ja doch!

HÄUBL. Noch mehr!

INTERVIEWER. Mehr kann ich nicht!

HÄUBL. Nicht verkrampfen!

INTERVIEWER. Neinnein ...

HÄUBL. Mein Gott, tun Sie doch, was ich sage!

INTERVIEWER. Tue ich ja!

HÄUBL. Sie stellen sich aber sehr ungeschickt an!

INTERVIEWER. Ich mache genau, was Sie sagen!

HÄUBL. Aber das Ding wird nicht kleiner!

INTERVIEWER. Das sehe ich auch!

HÄUBL. Denken Sie an was Kaltes!

INTERVIEWER. Mir fällt nichts ein!

HÄUBL. Dann kommen Sie Ende August in meine Sprechstunde!

INTERVIEWER. Ich danke Ihnen für dieses Gespräch!

HÄUBL. Bitte ...

Schmeckt's?

Essen sollte mehr sein als bloße Nahrungsaufnahme. Zu den wenigen Annehmlichkeiten unseres hektischen Lebens zählt eine gepflegte Mahlzeit in harmonischer Umgebung mit perfekter Bedienung.

An einem Restauranttisch sitzen sich zwei Herren gegenüber, die sich nicht kennen. Vor Gast I liegen Besteck und Serviette. Gast II trinkt eine Tasse Kaffee. Im Hintergrund befinden sich mehrere besetzte Tische. Gast III sitzt an einem Nebentisch, Rücken an Rücken zu Gast I. Ober kommt mit beladenem Tablett. Er setzt einen gefüllten Teller vor Gast I.

OBER. Einmal Kalbshaxe Florida … Wohl zu speisen … *(eilt davon)*

GAST I *(legt Zeitung beiseite).* Danke sehr … *(wischt Besteck mit Serviette ab, führt mit der Gabel eine Kartoffel zum Mund)*

GAST II. Guten Appetit!

GAST I *(setzt Gabel mit Kartoffel ab).* Vielen Dank! *(führt die Kartoffel wieder zum Mund)*

GAST III *(zu Gast I).* Ach, dürfte ich Sie wohl um die Speisekarte bitten?

GAST I *(setzt erneut ab).* Oh, bitte sehr … *(reicht die Speisekarte)*

GAST III. Vielen Dank … *(nimmt die Karte und wendet sich ab)*

GAST I *(steckt die Kartoffel in den Mund, sie ist zu heiß, er lässt sie aus dem Mund auf den Teller fallen)*

OBER *(geht mit vollem Tablett vorbei).* Schmeckt's?

GAST I *(nickt, murmelt unverständlich mit an den Mund gepresster Serviette, pustet aufs Essen. Will Gabel mit Kartoffel in den Mund schieben)*
GAST II. Das sieht gut aus … *(erhebt sich und geht)*
GAST I *(führt die Kartoffel in den Mund)*
OBER *(wedelt mit dem Tuch einige Krümel vom Tisch)*. Alles recht so, der Herr?
GAST I *(verschiebt die Kartoffel in die Backe)*. Hm?
OBER. Ich meine, ob's schmeckt …
GAST I *(nickt)*. O ja … ausgezeichnet!
GAST II *(kommt zurück, setzt sich, nimmt die Zeitung, nickt Gast I freundlich zu)*. Schmeckt's nicht?
GAST I. Doch … sehr gut … vielen Dank …
GAST II *(winkt, Ober bleibt im Vorbeigehen stehen)*. Bitte noch einen Kaffee!
OBER *(nimmt die leere Tasse weg)*. Einen Kaffee …
(Zu Gast I) Es schmeckt, gell? *(ab)*
GAST I *(mit Kartoffel in der Backe)*. Mm … ja … jawohl …
GAST III *(sieht Gast I auf den Teller)*. Entschuldigen Sie … ist das der Lammsattel mit Püree?
GAST I *(nickt)*. … Ja … äh … nein … *(schüttelt den Kopf)* … Kalbshaxe … Kalbshaxe Florida …
GAST III. Ah-ja … *(wendet sich ab)*
OBER *(setzt Kaffee vor Gast II)*. Ein Kaffee, der Herr …
GAST II. … und die Rechnung bitte …
EINE DAME *(zu Gast I)*. Entschuldigen Sie, sind Sie Professor Dollinger?
GAST I. Nein … *(beißt auf die Kartoffel)*
OBER *(zu Gast II)*. 19 Mark 85 …
GAST II *(legt 20 Mark auf den Teller)*. Stimmt so …
OBER. … Danke sehr … *(zu Gast I)* Ist das Fleisch so recht?

GAST I. Doch …

OBER *(im Gehen, halb zurück).* … Die Bohnen sind ganz frisch …

GAST I. Ach … *(will die Kartoffel herunterschlucken)*

EINE DAME *(zu Gast I).* Sind Sie wirklich nicht Professor Dollinger?

GAST I. Nein … wirklich nicht …

GAST III *(zu Gast I).* Ist die Kalbshaxe zu empfehlen?

GAST I. Vorzüglich …

GAST III. … Und die Prinzessböhnchen?

GAST I *(gereizt).* Frisch … ganz frisch!

GAST III *(wendet sich irritiert ab)*

GAST II *(undeutlich, mit Zahnstocher im Mund).* Man isst hier ganz ordentlich …

GAST I. Bitte? *(kommt nicht dazu, die Kartoffel zu schlucken)*

GAST II *(nimmt Zahnstocher aus dem Mund).* Man isst hier sehr gut!

GAST I *(scharf).* … Hervorragend …

OBER *(auf dem Weg in die Küche).* … Wenn Sie statt Kartoffeln lieber Reis gehabt hätten …

GAST I *(schiebt die Kartoffel wieder in die Backe).* Nein …

OBER. Nicht?

GAST I. Nein …

OBER. Wäre auch kein Reis mehr da gewesen … warten Sie, ich frag mal … *(ab)*

GAST I *(hinterherrufend).* Nein – nein!

GAST II. … ist auch eine *sehr* gute Bedienung hier …

(Ober entfernt sich)

GESCHÄFTSFÜHRER *(der sich bereits an mehreren Tischen verbeugt hat, zu Gast I).* … Der Herr ist zufrieden?

GAST I *(nickt).* … Mm …

GESCHÄFTSFÜHRER. Wohl zu speisen ... *(ab)*

GAST I *(zwingt sich zur Ruhe).* ... Sehr freundlich ...

OBER *(eilig zurück).* Nein, Reis ist aus ... aber Nudeln sind noch da, Krausbandnudeln ...

GAST I. Nein, vielen Dank ...

OBER. Aber es schmeckt auch so, gell?

GAST I. Jawohl ...

OBER. Wirklich?

GAST I *(schreit).* Ja!!!!!!

(Alle schrecken auf und sehen auf Gast I)

OBER. Mein Gott, warum schreien Sie denn so?

GAST II. Der Herr ist nervös ...

GAST I. Nervös?! ... ich hätte nur gern eine Kleinigkeit gegessen!

OBER. Na dann essen Sie doch!

GAST I. Aber Sie lassen mich ja nicht!

OBER *(setzt sein Tablett ab, sprachlos).* ... Ich lasse Sie nicht ...

GAST II. Wie können Sie denn so was sagen?

OBER. ... Ich lasse Sie ...

GAST II. Der Ober hat Sie völlig korrekt bedient!

GAST *(von weitem).* Herr Ober!

OBER *(nach hinten).* Moment! ... *(zu Gast I)* ... Ich lasse Sie nicht essen?! Ich habe dem Herrn eine Kalbshaxe Florida serviert mit jungen Kartoffeln ...

GAST I *(akzentuiert).* ... Und Prin-zess-böhn-chen!

GAST II. Sie hätten ja essen können, statt zu diskutieren!

GAST III. Sie haben mir doch die Kalbshaxe empfohlen!

GAST I. Ich habe überhaupt nichts empfohlen!

GAST II. Der Herr ist nervös ...

GAST *(von weitem).* Herr Ober ...

OBER *(nach hinten)*. Moment! … und ich habe noch gefragt, ob's dem Herrn schmeckt …

GAST II. Der Herr ist nervös …

GAST III. Ich habe nur ganz höflich die Kalbshaxe *erwähnt* … und da waren Sie gleich *ziemlich! … ziemlich!*

GAST II. … dass es gut aussieht, habe ich noch gesagt …

GAST I. Sie haben mir ins Essen gequatscht!!

GAST II. Das ist ja unerhört! … ins Essen gequatscht! *(Die übrigen Restaurantgäste folgen der Diskussion mit wachsendem Interesse)*

GESCHÄFTSFÜHRER *(eilig dazu)*. Aber meine Herren!

GAST I. Sie halten sich da raus!

OBER. Das ist unser Herr Koops!

GAST I. Wer?

GESCHÄFTSFÜHRER. Ich bin der Geschäftsführer …

GAST I. Ach was! … Dann wird es Sie interessieren, dass es in Ihrer Gaststätte nicht möglich ist, ungestört eine Mahlzeit einzunehmen!

OBER. Ich habe dem Herrn eine Kalbshaxe Florida mit Prinzessböhnchen serviert, und dann habe ich »wohl zu speisen« gewünscht und bin wieder rüber ans Büfett …

GAST II. »… ins Essen gequatscht!«

GAST III. Ich habe den Herrn nur gefragt, ob die Kalbshaxe zu empfehlen sei, und da hat der Herr gleich ziemlich … ziemlich …

GESCHÄFTSFÜHRER. Meine Herren, ich bitte Sie …

GAST II. »… ins Essen gequatscht!«

GAST I. »Schmeckt's« haben Sie gesagt!

GAST II. Mein Gott, es ist mir doch völlig wurscht, ob es Ihnen schmeckt!

GAST I. Ach!

GAST III. Ich habe den Herrn nur gefragt, ob die Kalbshaxe …

GAST II. »… ins Essen gequatscht!«

GESCHÄFTSFÜHRER. … ich bitte Sie …

(Die Restaurantgäste beginnen aufzustehen und einen Kreis um die Szene zu bilden)

OBER. … Ich habe noch gefragt, ob das Fleisch so recht ist …

GAST I. … und »schmeckt's« haben Sie gefragt … »schmeckt's«!

OBER. Jawohl … ob's dem Herrn schmeckt, habe ich gefragt, und ob der Herr eventuell lieber Reis oder Krausbandnudeln …

BLUMENFRAU. … Frische Moosröschen! …

GESCHÄFTSFÜHRER. … Haben Sie an Speisen und Getränken etwas zu beanstanden?

GAST I. Aber ich habe ja noch keinen Bissen im Magen …

KÜCHENCHEF *(tritt dazu).* Is was?

GESCHÄFTSFÜHRER. Dann essen Sie doch jetzt … essen Sie jetzt in Ruhe zu Ende …

GAST I. Das könnte Ihnen so passen!

GESCHÄFTSFÜHRER. Ganz ungestört … auf Kosten unseres Hauses …

GAST I. Das kann ich nicht …

KÜCHENCHEF. Sie müssen sich zwingen!

GAST I *(greift zögernd zu Messer und Gabel)*

GAST II. Na bitte!

KÜCHENCHEF. Sieht doch gut aus …

GESCHÄFTSFÜHRER. Wohl zu speisen …

GAST I *(beginnt unter den Augen aller Umstehenden unsicher und verlegen zu essen. Hin und wieder sieht er sich scheu um, wobei ihm etwas von der Gabel in den Schoß fällt. Eine Mutter schiebt ihre Tochter durch die Zuschauer)*

MUTTER. Lassen Sie das Kind doch mal nach vorn.

GESCHÄFTSFÜHRER. Bitte, meine Herrschaften, drängen Sie nicht so, Sie sehen doch, der Herr möchte in Ruhe essen!

EIN ZUSCHAUER. ... Was ist denn hier los?

GAST II. Der Herr isst eine Kalbshaxe! ...

DER ZUSCHAUER. Ach ...

Das Frühstücksei

Das Ehepaar sitzt am Frühstückstisch. Der Ehemann hat sein Ei geöffnet und beginnt nach einer längeren Denkpause das Gespräch.

ER. Berta!

SIE. Ja …!

ER. Das Ei ist hart!

SIE *(schweigt)*

ER. Das Ei ist hart!

SIE. Ich habe es gehört …

ER. Wie lange hat das Ei denn gekocht …

SIE. Zu viel Eier sind gar nicht gesund …

ER. Ich meine, wie lange dieses Ei gekocht hat …

SIE. Du willst es doch immer viereinhalb Minuten haben …

ER. Das weiß ich …

SIE. Was fragst du denn dann?

ER. Weil dieses Ei nicht viereinhalb Minuten gekocht haben *kann*!

SIE. Ich koche es aber jeden Morgen viereinhalb Minuten!

ER. Wieso ist es dann mal zu hart und mal zu weich?

SIE. Ich weiß es nicht … ich bin kein Huhn!

ER. Ach! … Und woher weißt du, wann das Ei gut ist?

SIE. Ich nehme es nach viereinhalb Minuten heraus, mein Gott!

ER. Nach der Uhr oder wie?

SIE. Nach Gefühl … eine Hausfrau hat das im Gefühl …

ER. Im Gefühl? … Was hast du im Gefühl?

SIE. Ich habe es im Gefühl, wann das Ei weich ist …

ER. Aber es ist hart … vielleicht stimmt da mit deinem Gefühl was nicht …

SIE. Mit meinem Gefühl stimmt was nicht? Ich stehe den ganzen Tag in der Küche, mache die Wäsche, bring deine Sachen in Ordnung, mache die Wohnung gemütlich, ärgere mich mit den Kindern rum, und du sagst, mit meinem Gefühl stimmt was nicht!?

ER. Jaja … jaja … jaja … wenn ein Ei nach Gefühl kocht, dann kocht es eben nur *zufällig* genau viereinhalb Minuten!

SIE. Es kann dir doch ganz egal sein, ob das Ei *zufällig* viereinhalb Minuten kocht … Hauptsache, es *kocht* viereinhalb Minuten!

ER. Ich hätte nur gern ein weiches Ei und nicht ein *zufällig* weiches Ei! Es ist mir egal, wie lange es kocht!

SIE. Aha! Das ist dir egal … es ist dir also egal, ob ich viereinhalb Minuten in der Küche schufte!

ER. Neinnein …

SIE. Aber es ist *nicht* egal … das Ei *muss* nämlich viereinhalb Minuten kochen …

ER. Das habe ich doch gesagt …

SIE. Aber eben hast du doch gesagt, es ist dir egal!

ER. Ich hätte nur gern ein weiches Ei …

SIE. Gott, was sind Männer primitiv!

ER *(düster vor sich hin).* Ich bringe sie um … morgen bringe ich sie um …

Das Filmmonster

Neureich-kultivierter Wohnraum. Eine Reporterin des Fernsehens sitzt einem Herrn gegenüber, dessen elegante Kleidung in bestürzendem Kontrast steht zu seinem grauenerregenden Gesicht.

REPORTERIN. Meine Damen und Herren, das Prominenteninterview im Rahmen unseres Magazins *Für die Frau* kommt live aus dem Heim von Vic Dorn, einem der profiliertesten Darsteller des internationalen Horrorfilms … Vic Dorn, oder Victor Dornberger, wie Sie mit bürgerlichem Namen heißen, wo stammen Sie her, und wie kamen Sie zum Film?

DORNBERGER. Mein Vater war Kirchendiener in Westfalen … meine Mutter ist unbekannt …

REPORTERIN *(lacht geziert).* Köstlich … und wie wurden Sie Schauspieler … wie kamen Sie dazu, immer das Monster zu spielen?

DORNBERGER. Mein Vater hatte mich für die mittlere gehobene Beamtenlaufbahn vorgesehen … aber da kam ein Regisseur aus Amerika … der hieß … der hieß … der hat mich entdeckt … dann kam ich nach … nach Hollywood, und da habe ich immer dieselbe Rolle gespielt …

REPORTERIN. … Und wir finden es besonders reizend, dass Sie heute Abend für unsere Zuschauer Ihre berühmte, unverwechselbare Horrormaske angelegt haben! … Wer hat sie entworfen … oder war das Ihre eigene Idee?

DORNBERGER. Wie … Entworfen? … Was für eine Maske?

REPORTERIN *(lachend).* … nun mal im Ernst, Victor, unsere Zuschauer möchten gern wissen, wie Sie in Wirklichkeit aussehen … dieses phantastische, scheußliche Gesicht ist doch … ist doch …

DORNBERGER *(lauernd).* Was?

REPORTERIN. Einmal, Victor … ein einziges Mal sollten Sie uns zeigen, wie Sie wirklich aussehen … und wenn es nur ganz kurz ist …

DORNBERGER *(sieht sie düster an)*

REPORTERIN *(nach starrem Zögern).* … Oder ist es zu kompliziert, die Maske abzunehmen?

DORNBERGER. Wie … was … abnehmen?

REPORTERIN. Mein Gott … *(versucht vergeblich, ihr Entsetzen zu verbergen)* das tut mir … das ist mir sehr … ich … *(zündet sich zitternd eine Zigarette an)* … Und nun die Fragen, die besonders uns Frauen interessieren … haben Sie gelegentlich private Beziehungen zu Ihren Filmpartnerinnen?

DORNBERGER. Nein …

REPORTERIN. Sie sind durch Ihre Filme wohlhabend und prominent geworden, warum haben Sie nie geheiratet?

DORNBERGER. Ich bin vielleicht etwas wählerisch …

REPORTERIN. Ach ja … aber ich könnte mir denken, dass es der Wunschtraum vieler Frauen ist, mit einem prominenten, internationalen Filmschauspieler zu-zusammen … zusammenzuleben …

DORNBERGER. Ach!

REPORTERIN. … Und Ihr Lieblingsessen … was ist Ihr Leibgericht?

DORNBERGER *(sehr düster).* Kartoffelpuffer …

REPORTERIN. Herr Dornberger, wären Sie lieber Politiker geworden?

DORNBERGER. Wenn man mir ein gutes Angebot gemacht hätte ... vielleicht ...

REPORTERIN. Aber dann hätten Sie eine andere Ausbildung gebraucht ...

DORNBERGER. Nein ... Schauspieler und Politiker haben vieles gemeinsam ... Wir wollen Hauptrollen spielen, wir pflegen die Kunst der Täuschung und haben eine starke menschliche Ausstrahlung ...

REPORTERIN. ... und Sie haben ja auch als prominenter Schauspieler großen Einfluss auf die Wähler ... Sie brauchen nur öffentlich zu äußern, mit welcher politischen Partei Sie sympathisieren, und Millionen werden sich Ihrer Meinung anschließen, denn ein Mann wie Sie hat natürlich einen ganz anderen politischen Überblick!

DORNBERGER. Jawohl!

REPORTERIN. Eine letzte Frage, Herr Dornberger ... warum haben Sie in den letzten Jahren keine Angebote mehr aus Hollywood?

DORNBERGER *(sieht sich scheu um).* Ich weiß nicht ... vielleicht bin ich denen einfach zu deutsch ...

Fernsehabend

Ein Ehepaar sitzt vor dem Fernsehgerät. Obwohl die Bildröhre ausgefallen ist und die Mattscheibe dunkel bleibt, starrt das Ehepaar zur gewohnten Stunde in die gewohnte Richtung.

SIE. Wieso geht der Fernseher denn grade heute kaputt?

ER. Die bauen die Geräte absichtlich so, dass sie schnell kaputtgehen …

(Pause)

SIE. Ich muss nicht unbedingt fernsehen …

ER. Ich auch nicht … nicht nur, weil heute der Apparat kaputt ist … ich meine sowieso … ich sehe sowieso nicht gern Fernsehen …

SIE. Es ist ja auch wirklich nichts im Fernsehen, was man gern sehen möchte …

(Pause)

ER. Heute brauchen wir Gott sei Dank überhaupt nicht erst in den blöden Kasten zu gucken …

SIE. Nee … *(Pause)* … Es sieht aber so aus, als ob du hinguckst …

ER. Ich?

SIE. Ja …

ER. Nein … ich sehe nur ganz allgemein in diese Richtung … aber du guckst hin … Du guckst da immer hin!

SIE. Ich? Ich gucke dahin? Wie kommst du denn darauf?

ER. Es sieht so aus …

SIE. Das *kann* gar nicht so aussehen … ich gucke nämlich vorbei … ich gucke *absichtlich* vorbei … und wenn du ein kleines bisschen mehr auf mich achten würdest, hättest du bemerken können, dass ich absichtlich vorbeigucke, aber du interessierst dich ja überhaupt nicht für mich …

ER *(fällt ihr ins Wort).* Jaaa … jaaa … jaaa … jaaa …

SIE. Wir können doch einfach mal ganz woandershin gucken …

ER. Woanders? … Wohin denn?

SIE. Zur Seite … oder nach hinten …

ER. Nach hinten? Ich soll nach hinten sehen? … Nur weil der Fernseher kaputt ist, soll ich nach hinten sehen? Ich lass mir doch von einem Fernsehgerät nicht vorschreiben, wo ich hinsehen soll!
(Pause)

SIE. Was wäre denn heute für ein Programm gewesen?

ER. Eine Unterhaltungssendung …

SIE. Ach …

ER. Es ist schon eine Un-ver-schämtheit, was einem so Abend für Abend im Fernsehen geboten wird! Ich weiß gar nicht, warum man sich das überhaupt noch ansieht! … Lesen könnte man stattdessen, Kartenspielen oder ins Kino gehen … oder ins Theater … stattdessen sitzt man da und glotzt auf dieses blöde Fernsehprogramm!

SIE. Heute ist der Apparat ja nu kaputt …

ER. Gott sei Dank!

SIE. Ja …

ER. Da kann man sich wenigstens mal unterhalten …

SIE. Oder früh ins Bett gehen …

ER. Ich gehe nach den Spätnachrichten der Tagesschau ins Bett …

SIE. Aber der Fernseher ist doch kaputt!

ER *(energisch).* Ich lasse mir von einem kaputten Fernseher nicht vorschreiben, wann ich ins Bett zu gehen habe!

Feierabend

Bürgerliches Wohnzimmer. Der Hausherr sitzt im Sessel, hat das Jackett ausgezogen, trägt Hausschuhe und döst vor sich hin. Hinter ihm ist die Tür zur Küche einen Spaltbreit geöffnet. Dort geht die Hausfrau emsiger Hausarbeit nach. Ihre Absätze verursachen ein lebhaftes Geräusch auf dem Fliesenboden.

SIE. Hermann …
ER. Ja …
SIE. Was machst du da?
ER. Nichts …
SIE. Nichts? Wieso nichts?
ER. Ich mache nichts …
SIE. Gar nichts?
ER. Nein …
(Pause)
SIE. Überhaupt nichts?
ER. Nein … ich *sitze* hier …
SIE. Du *sitzt* da?
ER. Ja …
SIE. Aber irgendwas *machst* du doch?
ER. Nein …
(Pause)
SIE. *Denkst* du irgendwas?
ER. Nichts Besonderes …
SIE. Es könnte ja nicht schaden, wenn du mal etwas spazieren gingest …
ER. Neinnein …
SIE. Ich bringe dir deinen Mantel …

ER. Nein danke …
SIE. Aber es ist zu kalt ohne Mantel …
ER. Ich gehe ja nicht spazieren …
SIE. Aber eben wolltest du doch noch …
ER. Nein, *du* wolltest, dass ich spazieren gehe …
SIE. Ich? *Mir* ist es doch völlig egal, ob *du spazieren gehst* …
ER. Gut …
SIE. Ich meine nur, es könnte dir nicht schaden, wenn du mal spazieren gehen würdest …
ER. Nein, *schaden* könnte es nicht …
SIE. Also was willst du denn nun?
ER. Ich möchte hier sitzen …
SIE. Du kannst einen ja wahnsinnig machen!
ER. Ach …
SIE. Erst willst du spazieren gehen … dann wieder nicht … dann soll ich deinen Mantel holen … dann wieder nicht … was denn nun?
ER. Ich möchte hier sitzen …
SIE. Und jetzt möchtest du plötzlich da sitzen …
ER. Gar nicht plötzlich … ich wollte immer nur hier sitzen … und mich entspannen …
SIE. Wenn du dich wirklich *entspannen* wolltest, würdest du nicht dauernd auf mich *einreden* …
ER. Ich sag ja nichts mehr …
(Pause)
SIE. Jetzt hättest du doch mal Zeit, irgendwas zu tun, was dir Spaß macht …
ER. Ja …
SIE. Liest du was?
ER. Im Moment nicht …
SIE. Dann lies doch mal was …

ER. Nachher, nachher vielleicht …
SIE. Hol dir doch die Illustrierten …
ER. Ich möchte erst noch etwas hier sitzen …
SIE. Soll *ich* sie dir holen?
ER. Neinnein, vielen Dank …
SIE. Will der Herr sich auch noch bedienen lassen, was?
ER. Nein, wirklich nicht …
SIE. Ich renne den *ganzen* Tag hin und her … Du könntest doch wohl *einmal* aufstehen und dir die Illustrierten holen …
ER. Ich möchte jetzt nicht lesen …
SIE. Mal möchtest du, mal nicht …
ER. Ich möchte einfach hier sitzen.
SIE. Du kannst doch tun, was dir Spaß macht!
ER. Das tue ich ja …
SIE. Dann quengle doch nicht so rum …
ER *(schweigt)*
SIE. Hermann!
ER *(schweigt)*
SIE. Bist du taub?
ER. Neinnein …
SIE. Du tust eben *nicht*, was dir Spaß macht … stattdessen *sitzt* du da!
ER. Ich sitze hier, *weil* es mir Spaß macht …
SIE. Sei doch nicht gleich so aggressiv …
ER. Ich bin doch nicht aggressiv …
SIE. Warum schreist du mich dann so an?
ER *(schreit)*. … Ich schreie dich nicht an!!

Bettenkauf

Wir haben den Kauf eines Möbelstückes in den Mittelpunkt unserer kritischen Betrachtungen gestellt. Das Bett und seine Anschaffung gehören zwar zur Intimsphäre des Menschen, aber es ist an der Zeit, so meine ich, sich über dieses Tabu hinwegzulegen … hin … hin … hin … hin … äh … hinwegzusetzen.

Ein älteres Ehepaar betritt ein Bettengeschäft, in dem drei Doppelbetten nebeneinander ausgestellt sind.

VERKÄUFER. Womit kann ich dienen?

GATTIN. Wir hätten gern ein Bett …

VERKÄUFER. Haben Sie da an eine Schlaf-Sitz-Garnitur gedacht mit versenkbaren Rückenpolstern, an eine Couch-Dreh-Kombination oder das klassische Horizontal-Ensemble?
(Die Gatten sehen sich verblüfft an)

GATTE. Wir schlafen im Liegen …

VERKÄUFER. Ah-ja … da empfehle ich Ihnen die Kreationen aus dem Hause ›Unisono‹ … Sie ruhen nebeneinander … oder rechtwinkelig?

GATTE. Rechtwinkelig?

GATTIN. Neinnein … ganz normal …

GATTE. … im Bett …

VERKÄUFER. Also nebeneinander … parallel …

GATTE. Müssen wir das hier so genau …?

VERKÄUFER *(geht nach links zu Bett 1).* Da haben wir das Modell ›Allegro‹ mit doppeltem Federkern und Palmfaserauflage … Für das Bezugsmaterial der Matratze können Sie wählen zwischen einer imprägnierten Halbzwirnware oder gedrilltem Volon …

GATTE. Ach …

GATTIN. Und wie liegt es sich so?

VERKÄUFER. Die Federmuffen sind einzeln aufgehängt und kreuzweise verspannt … also hüftfreundlich in der Seit- und Bauchlage … Sie dürfen gerne einmal probeliegen, ich bediene inzwischen die anderen Herrschaften …

GATTE. Richtig hinlegen?

GATTIN. Auch in Rückenlage?

VERKÄUFER. Ganz wie Sie wünschen …

GATTIN. Zieh doch die Schuhe aus!

(Die Gatten legen sich auf das Modell ›Allegro‹)

VERKÄUFER *(zu einem Herrn und einer Dame)*. Womit kann ich dienen?

HERR. Betten … Doppelbetten!

DAME *(kichert albern. Herr stößt sie an)*

VERKÄUFER. Ruhen die Herrschaften parallel oder rechtwinkelig? *(deutet die Lage mit Handbewegungen an)*

HERR. Was?

DAME *(kichert)*

VERKÄUFER. Ich meine, ruhen Sie in der klassischen Doppelbettposition, oder ist die Schlafposition über Eck gestaltet?

HERR. Klassisch … *(zur Dame)* oder wie?

DAME *(grinst verlegen)*

VERKÄUFER. Da haben wir hier die Doppelliege ›Presto‹ … *(zeigt auf das rechte Doppelbett)* … Dreifacher Federkern mit Polyester-Auflage und Stützsperre … bei unruhigem Schlaf …

HERR. Wieso?

VERKÄUFER. Für den Fall, dass die Herrschaften häufiger die Position wechseln …

HERR *(sieht kurz auf die Dame, die sich auf die Lippen beißt)*. Sagen Sie mal …

VERKÄUFER. Preisgünstiger ist natürlich das Modell ›Allegro‹, wenn ich Sie dort herüberbitten darf … *(geleitet Herrn und Dame nach links zum Modell ›Allegro‹, in dem Gatte und Gattin zur Wand gedreht liegen)* … doppelter Federkern mit Palmfaserauflage und kreuzweise verspannten Federmuffen … also hüftfreundlich in der Seit-, Bauch- und Rückenlage … Sie können gern probeliegen … wenn diese Herrschaften …

GATTE. Wir hätten nur eben gern noch die Bauchlage …

HERR. Bitte sehr … bitte sehr …

(Die Gatten drehen sich auf den Bauch)

VERKÄUFER. … hier kann ich Ihnen noch das Modell ›Andante‹ zeigen, zweiteilig, zur individuellen Raumgestaltung … *(zeigt auf das danebenstehende Modell in der Mitte)*

DAME. Da is so 'ne Ritze in der Mitte …

VERKÄUFER. Ganz recht, gnä' Frau …

HERR *(winkt ab)*. Neenee … *(zur Dame)* Aber vielleicht sind die Herrschaften jetzt ausgeschlafen …

VERKÄUFER *(zu Gatte und Gattin)*. … Sie könnten ja schon mal im Modell ›Presto‹ probeliegen …

GATTE. … Bitte schön … Aber ›Allegro‹ bleibt in engerer Wahl!

VERKÄUFER. Bitte hier herüber! Modell ›Presto‹ mit dreifachem Federkern und Stützsperre!

(Während Herr und Dame sich auf das frei gewordene

Modell ›Allegro‹ legen, steigen die Gatten über das mittlere Bett in das rechte Modell ›Presto‹)

GATTE *(zur Gattin).* Lass es uns zunächst mal in der Bauchlage probieren!

(Sie drehen sich auf den Bauch)

GATTIN. Ich schlafe nie auf dem Bauch ... *(dreht sich zur Seite)*

GATTE. Du sollst jetzt auch nicht schlafen!

HERR *(liegt mit der Dame noch im Modell ›Allegro‹).* Also, wir nehmen dies hier!

VERKÄUFER. Sehr gern!

GATTE. Moment! Das Bett dort hatten wir zuerst belegt! Ich sagte gerade zu meiner Gattin: *Hier* schlafen wir *nicht*! Herr ... äh ... wie ist Ihr Name?

VERKÄUFER. Hallmackenreuter ...

GATTE. Herr Hallmackenreuter, das Modell ›Allegro‹ war in engerer Wahl! Packen Sie das Bett ein, wir nehmen es mit!

VERKÄUFER. Gern ...

HERR. Ich sagte gerade, das Bett ist gekauft, Herr ...

VERKÄUFER. Hallmackenreuter ...

GATTE. Na schön, Sie werden ja wohl zwei von der Sorte haben!

VERKÄUFER. Wir führen nur Einzelstücke ...

GATTE. Dann fordere ich den Herrn auf, unser Bett zu verlassen!

HERR. Das fällt mir nicht im Traum ein!

GATTE. Hertha ... hör doch mal!

GATTIN *(im Halbschlaf).* Kannst du dir nicht *einmal* all*ein* Frühstück machen?

VERKÄUFER. Vielleicht könnten sich die Herrschaften

eventuell für das Modell ›Andante‹ entscheiden … wenn Sie mal probeliegen wollen … *(zeigt auf das mittlere Doppelbett)*

GATTE *(zögert)*

DAME. Na dann probiere *ich's* eben mal! *(macht Anstalten aufzustehen)*

GATTE. Neinnein! Herr Hackenreiter …

VERKÄUFER. Hallmackenreuter …

GATTE. Herr Hallmackenreuter hatte ausdrücklich *mich* aufgefordert! *(springt auf und legt sich in das mittlere Bett ›Andante‹, während die Dame davor stehenbleibt)*

DAME. Er lässt mich nicht rein!

HERR. Sie lassen *sofort* meine Frau in das Bett!

GATTE. Ich werde jetzt die Rücken-, Seit- *und* Bauchlage ausprobieren … und zwar *ohne* Ihre Gattin! Hertha!

GATTIN *(schläft)*

HERR. Wenn Sie nicht sofort meine Frau in das Bett …

GATTE. Also bitte schön … bitte schön … *(rückt etwas)*

DAME *(legt sich neben ihn in das mittlere Bett)*

VERKÄUFER. Die Doppelliege ist zweiteilig gestaltet … mit Spannmuffenfederung in Leichtmetall …

DAME *(probiert in rhythmischer Bewegung die Federung aus)*

GATTE. Hopsen Sie doch nicht so!

DAME. Ich kann hier hopsen, solange es mir passt!

HERR. Meine Frau hopst, wo sie will!!

GATTIN *(erwachend)*. Fritz! … Was *machst* du denn da?

GATTE. Hertha, dies ist das Modell ›Andante‹ … mit Spannmuffenfederung … Es ist in der Rückenlage etwas stramm … komm doch mal …

GATTIN *(steht auf)*

HERR. Entschuldigen Sie, gnä' Frau, aber Sie waren an diesem Modell ja nicht interessiert! *(steigt über seine Frau und den Gatten in das Modell ›Andante‹)*

GATTIN *(steigt gleichzeitig von der rechten Seite in das Modell ›Andante‹, so dass alle vier nebeneinanderliegen).* ... Ich habe wohl noch das Recht, mit meinem Mann ein *Bett* auszuprobieren!

DAME *(kichert)*

HERR. Ganz recht! ... aber nicht *mein* Bett! ... Herr Heckmullenreiter ...

VERKÄUFER. Hallmackenreuter ...

HERR. Das Bett ist gekauft!

VERKÄUFER. Sehr wohl ...

HERR *(zur Gattin).* Darf ich Sie bitten, mein Bett zu verlassen?

GATTE. Meine Gattin bleibt, wo sie ist ... Sie wollten das andere Bett nehmen!

HERR. Das wollten Sie uns ja nicht überlassen ... Edith, so war's doch!

GATTE. Nun rufen Sie bloß noch Ihre Frau zu Hilfe! Wie lange sind Sie eigentlich verheiratet?

HERR. Wir sind nicht verheiratet!

GATTE *(starr).* Ach ... ach was! ... Und was wollen Sie dann mit einem Doppelbett, wenn ich fragen darf?

HERR. Sag's ihm, Edith ...

VERKÄUFER. Sie können die Matratzen auch in Matrosenblau oder Moosgrün ...

HERR. Edith!

DAME *(schnarcht)*

GATTE. Ihre Bekannte schläft ...

HERR *(flüstert).* Das geht Sie überhaupt nichts an! *(steht auf und macht sich leise davon)*

GATTE *(flüstert).* Ich werde wohl noch feststellen dürfen, wer in meinem Bett schläft!

VERKÄUFER. Ich habe hier noch …

GATTE *(mit Finger am Mund).* Pscht!

VERKÄUFER *(flüsternd).* Ich habe hier noch das gleiche Modell in Leichtmetall mit vernickelten Gelenkmuffen …

GATTE *(flüstert).* Und wie ist da der Matratzenbezug? Ich habe immer gern etwas gedeckte Töne.

VERKÄUFER *(flüstert).* Moment … ich schau mal nach …

GATTE. Hertha!

GATTIN *(schläft)*

GATTE *(sieht von einer Schlafenden zur anderen. Steht auf, verlässt behutsam das Bett, nimmt seine Schuhe in die Hand und trifft auf den Verkäufer).* … Ach, wenn meine Frau aufwacht, nimmt sie gern eine Tasse Tee mit etwas Gebäck … *(geht auf Strümpfen leise hinaus)*

Eheberatung

Es ist kein Geheimnis, dass die Institution der Ehe heute mehr gefährdet ist als je zuvor. Wir müssen daher dankbar sein, dass die moderne Psychotherapie Behandlungsmethoden entwickelt hat, die auch Partnern in einer scheinbar sinnentleerten Beziehung neue Hoffnung geben.

Herr und Frau Blöhmann, ein Ehepaar um die 50, betreten das Sprechzimmer der Psychotherapeutin. Herr Blöhmann klopft an den Türrahmen. Frau Dr. K. sitzt an ihrem Schreibtisch und weist auf zwei davorstehende Stühle.

FRAU DR. K. Bitte, nehmen Sie doch Platz …

EHEPAAR *(setzt sich)*

FRAU DR. K. Mein Institut ist bemüht, den Ehegatten bei der Überwindung einer kritischen Phase auf psychologischem Wege behilflich zu sein und körperliche oder geistige Kontaktschwächen auszugleichen. Wunder vollbringen wir nicht!

HR. BLÖHMANN. Ach …

FRAU DR. K. Wo liegen Ihre Schwierigkeiten, schwerpunktmäßig?

FR. BLÖHMANN. Na, wenn *Sie* das nicht wissen …

HR. BLÖHMANN. Wir hatten eigentlich gedacht, dass wir von Ihnen da irgendwas … wir kommen immerhin von auswärts …

FRAU DR. K. *(notiert etwas)*. … Und Ihre Lieblingsfarbe?

FR. BLÖHMANN. Weiß … Schaumolweiß … das ist noch etwas weißer als weiß …

FRAU DR. K. … Und Herr Blöhmann, Ihre Lieblingsfarbe?

HR. BLÖHMANN. Grau ... aber nicht *so* grau ... mehr grüngrau ... ins Bräunliche. Eine Art Braungrau ... mit Grün ... ein Braungrüngrau ...

FRAU DR. K. *(notiert).* Braungrüngrau ...

HR. BLÖHMANN. Es schadet auch nichts, wenn es ein bisschen ins Bläuliche hinüberspielt, Hauptsache, es ist grau ...

FRAU DR. K. *(notierend).* Danke ...

HR. BLÖHMANN. ... Braungrau ...

FRAU DR. K. Vielen Dank, Herr Blöhmann ...

HR. BLÖHMANN. Etwas Rot könnte auch anklingen ...

FRAU DR. K. Das genügt, Herr Blöhmann!

HR. BLÖHMANN. Ein Braunrot ... im ganzen Grau ...

FRAU DR. K. Jaja ...

HR. BLÖHMANN. Also ein grünlich-blaues ... Rotbraun-Grau ...

FRAU DR. K. Es kommt nicht *so* genau darauf an, Herr Blöhmann ...

HR. BLÖHMANN. Dochdoch, Sie sehen nachher in so einer Tabelle nach, und da steht dann bei »Grau«: Herr Blöhmann schlägt seine Gattin oder etwas Ähnliches ...

FRAU DR. K. Herr Blöhmann, ich versichere Ihnen ...

HR. BLÖHMANN. Neinnein, ich kenne diese modernen psychologischen Tricks ...

FRAU DR. K. Herr Blöhmann ...

HR. BLÖHMANN. Man sagt irgendeine Farbe, und schon wird man schuldig geschieden!

FRAU DR. K. Ich möchte zunächst nur ...

HR. BLÖHMANN. ... Aber haben Sie bemerkt, wie oft meine Gattin ihre Handtasche auf- und zuknipst und hineinguckt ... Haben Sie das bemerkt? Ja? Wie? Was? ... Nein! Natürlich nicht!

FR. BLÖHMANN. Ich hätte …!

FRAU DR. K. Herr Blöhmann, Ihre Gattin kann ihre Handtasche auf- und zuknipsen und hineinsehen, sooft sie will!

FR. BLÖHMANN. Siehste … *(guckt in die Handtasche und knipst sie zu)*

HR. BLÖHMANN. Aber nicht 8-mal in 6 Minuten …

FR. BLÖHMANN. Siehste … siehste … siehste … *(knipst und guckt)*

HR. BLÖHMANN. Das sind im Jahr fast 350 000 mal geknipst und geguckt …

FRAU DR. K. Herr Blöhmann, vielleicht, dass *Sie* bei *sich* auch öfter mal irgendwas auf- und zumachen?

FR. BLÖHMANN. Siehste … *(knipst und guckt)*

HR. BLÖHMANN. Ja-ja, aber ich gucke nicht jedes Mal hinein, nicht wahr!

FRAU DR. K. Darf ich jetzt in der Untersuchung fortfahren?

BLÖHMANNS *(gleichzeitig)*. Bitte sehr …

FRAU DR. K. Ich zeige Ihnen jetzt …

FR. BLÖHMANN *(knipst und guckt)*

FRAU DR. K. Frau Blöhmann, würden Sie jetzt *einmal* das Knipsen und Gucken unterlassen!

HR. BLÖHMANN. Siehste …

FRAU DR. K. Ich zeige Ihnen jetzt ein Bild …

HR. BLÖHMANN. Siehste …

FRAU DR. K. Ich zeige Ihnen jetzt ein Bild, und Sie sagen mir, was es darstellt … *(lässt Rouleau nach oben. Das Rubens'sche Gemälde ›Der Raub der Töchter des Leukippos‹ wird sichtbar)* Zuerst Herr Blöhmann, bitte.

HR. BLÖHMANN *(mit halbgeöffnetem Mund das Bild betrachtend)*. Tja …

FRAU DR. K. Was sagt Ihnen das Bild ... ganz kurz ...

HR. BLÖHMANN. Reiter ... zwei Reiter ... und Pferde ...

FRAU DR. K. Sonst nichts?

HR. BLÖHMANN. Nein ... ach ja ... zwei Damen ...

FRAU DR. K. Reiten die auch?

HR. BLÖHMANN. Nein ...

FRAU DR. K. Ihr Gesamteindruck ...

HR. BLÖHMANN. Zwei Herren ... geben zwei Damen ... Reitunterricht ...

FRAU DR. K. *(notierend).* ... und Frau Blöhmann, sind Sie anderer Meinung?

FR. BLÖHMANN. Ja ... das ist mehr so Urlaub ... Abenteuerurlaub ... mit Reiten ...

HR. BLÖHMANN. Die Herren sind den Damen irgendwie behilflich ...

FRAU DR. K. Herr Blöhmann, helfen *Sie* Ihrer Gattin gelegentlich?

HR. BLÖHMANN. Wir reiten nicht ...

FR. BLÖHMANN. Wir haben einen Wellensittich, ein entzückender kleiner Kerl ... ich glaube, ich habe das Farbfoto mit ...

FRAU DR. K. Frau Blöhmann, Sie *lassen* jetzt Ihre Tasche zu!

HR. BLÖHMANN. Wie reden Sie denn mit meiner Frau?

FR. BLÖHMANN. Ich wollte Ihnen nur eben Spatzis Farbfoto zeigen ...

FRAU DR. K. Ihr Wellensittich interessiert jetzt nicht!

HR. BLÖHMANN. Ach was!

FR. BLÖHMANN. Er gibt mir jeden Morgen einen Kuss ...

FRAU DR. K. Herr Blöhmann, küssen *Sie* Ihre Gattin gelegentlich?

HR. BLÖHMANN. Weniger …

FRAU DR. K. Warum nicht?

HR. BLÖHMANN *(sieht seine Frau an).* … Es ist zeitlich immer etwas ungünstig …

FRAU DR. K. Und Sie, Frau Blöhmann?

FR. BLÖHMANN. Mein Gott, ich habe auch meinen Haushalt …

FRAU DR. K. Ah ja … Herr Blöhmann, darf ich Sie bitten, Ihre Gattin zu küssen …

HR. BLÖHMANN. Was ist los?

FRAU DR. K. Der Kuss als Ausdruck menschlich-ehelicher Beziehung ist zur Behebung einer chronischen Kontaktschwäche von großer Bedeutung … bitte, küssen Sie jetzt Ihre Gattin …

HR. BLÖHMANN. Wohin?

FRAU DR. K. Wo Sie wollen …

FR. BLÖHMANN *(öffnet die Tasche, betupft ihren Mund mit dem Taschentuch)*

HR. BLÖHMANN *(nach einem Blick auf seine Gattin).* Nein … neinnein …

FRAU DR. K. Dann müssen wir die Grundformen des Kusses ganz neu erarbeiten … *(stellt einen Kunststoffkopf, der auf einer Spirale leicht hin und her pendelt, vor Herrn Blöhmann)* … Sie nähern sich dem Partnermodell auf etwa 8 bis 12 Zentimeter und sagen »Hallo Schatz« … dann berühren Sie mit den Lippen die Mundpartie …

HR. BLÖHMANN. Hallo Schatz … *(küsst den Kusskopf)*

FRAU DR. K. Mehrmals bitte.

(Herr Blöhmann küsst)

… Frau Blöhmann, Sie sollten Ihren Gatten öfter mal mit einer hübschen Bluse überraschen, einem anderen Lippenstift oder mit einer neuen Frisur ... Das genügt, Herr Blöhmann ... bitte Frau Blöhmann ...

FR. BLÖHMANN. Auf'n Mund?

FRAU DR. K. Sie verhalten sich ganz passiv ... Sie *lassen* sich küssen *(biegt den Kopf mit der Spirale zurück, so dass er mehrfach auf die Lippen von Frau Blöhmann schnellt)*

HR. BLÖHMANN. Was kostet denn so ein Gerät ...

FRAU DR. K. Das ist im freien Handel nicht erhältlich ...

HR. BLÖHMANN. Auch nicht gebraucht?

FRAU DR. K. Nein ...

HR. BLÖHMANN. Ach ...

FRAU DR. K. So ... für heute ist es genug ...

FR. BLÖHMANN. Einmal noch!

FRAU DR. K. *(setzt es noch einmal in Bewegung).* ... Und nun üben Sie daheim weiter ... der leichte Kuss aus der Grundhaltung ... aneinander-miteinander ... täglich dreimal ...

(Alle gehen zur Tür)

HR. BLÖHMANN. Vor oder nach den Mahlzeiten?

FR. BLÖHMANN. ... Komm jetzt!

FRAU DR. K. *(schließt die Tür, geht auf den Kusskopf zu, wirft sich über ihn und küsst ihn leidenschaftlich)*

Der sprechende Hund

Fernsehinterview. Ein Reporter spricht mit Herrn Dr. Sommer und seinem Hund. Es handelt sich um ein großes, dickes, langhaariges Tier, das zwischen den beiden Herren sitzt.

REPORTER. Guten Abend, meine Damen und Herren … als Gast im Studio begrüßen wir heute Herrn Dr. Sommer, den Gründer und Leiter der Tierpädagogischen Hochschule in Cuxhaven, und seinen besten Freund und Schüler …

HUND *(macht ein unanständiges Geräusch mit der Zunge)*

REPORTER. Herr Dr. Sommer, Sie erteilen diesem Hund seit Jahren Sprechunterricht …

DR. SOMMER. Jawohl …

REPORTER. In deutscher Sprache …

DR. SOMMER. Richtig …

REPORTER. … Und Ihre Bemühungen hatten Erfolg …

DR. SOMMER. So ist es …

REPORTER. Der Hund kann also sprechen?

DR. SOMMER. Jawohl …

REPORTER. Richtig sprechen wie ein Mensch?

DR. SOMMER. Ja …

REPORTER. Das ist sen-sa-tio-nell! Wie heißt denn das Tier?

DR. SOMMER. Bello …

REPORTER. … Und was kann er sprechen?

DR. SOMMER. Was Sie wollen …

REPORTER. Ja, was denn so zum Beispiel?

DR. SOMMER. Na, sagen Sie irgendwas …

REPORTER. Ich soll was sagen?

DR. SOMMER. Ja …

REPORTER. Äh … *(denkt nach)* … mein Gott, *ich kann* doch sprechen! Der *Hund* soll irgendwas sagen!

DR. SOMMER. Jaja, aber sagen *Sie* doch, was er sagen soll!

REPORTER. Äh … na zum Beispiel den Namen von irgendeinem berühmten Schauspieler …

DR. SOMMER. … Und welchen?

REPORTER. … Irgendeinen … wie heißt denn dieser Blonde?

DR. SOMMER. Heinz Rühmann …

REPORTER. Nein, der andere …

DR. SOMMER. Curd Jürgens …

REPORTER. Neinnein … irgendwas mit »F« …

DR. SOMMER. Mit »F« …

REPORTER. … oder »P« …

DR. SOMMER. Marlene Dietrich …

REPORTER. So ähnlich …

DR. SOMMER. Hat er nicht in dem Film mitgespielt?

REPORTER. In welchem?

DR. SOMMER. … von diesem italienischen Regisseur … ich komme jetzt nicht auf den Namen …

REPORTER. … mit »I«?

DR. SOMMER. Er heißt so ähnlich wie eine Autofirma …

REPORTER. BMW …

DR. SOMMER. Neinnein … äh … dieser Fußballspieler fährt so einen …

REPORTER. Welcher Fußballspieler?

DR. SOMMER. … Der das Tor in dem Endspiel geschossen hat …

REPORTER. Wo? In Hamburg?

DR. SOMMER. Nein …

REPORTER. In Bremen?

DR. SOMMER. Nein … äh …

REPORTER. Herr Dr. Sommer, mit welcher Methode haben Sie dem Hund Sprechen beigebracht, und wie lange hat es gedauert?

DR. SOMMER. Über vier Jahre habe ich das Tier täglich acht Stunden unterrichtet, durch langsames Vorsprechen, Zungenübungen und intensive Atemtechnik …

HUND *(macht ein unanständiges Geräusch mit der Zunge)*

REPORTER. Sen-sa-tio-nell! Herr Dr. Sommer, könnte der Hund jetzt mal irgendwas sprechen?

DR. SOMMER. Gern … *(zum Hund)* … Bello! … Sag mal »Wo« …

HUND. Ho …

REPORTER. Ah … ja … Jetzt vielleicht etwas Längeres …

DR. SOMMER. … Und was für ein Thema hätten Sie gern …

REPORTER. Das ist ganz egal …

DR. SOMMER. Vielleicht etwas Politisches …

REPORTER. Neinnein …

DR. SOMMER. … Oder aus dem kirchlichen Bereich?

REPOTER. Ach nein …

DR. SOMMER. Ja, was denn nun?

REPORTER. Irgendwas Nettes, Normales …

DR. SOMMER. Bitte sehr … *(zum Hund)* … Bello … sag mal … Otto holt große, rote Rosen …

HUND. Hoho ho hoho hoho hoho …

REPORTER. Man muss schon sehr genau hinhören!

DR. SOMMER. Botanische Themen liegen ihm nicht so …

REPORTER. Also meinetwegen etwas aus dem kirchlichen Bereich …

DR. SOMMER. Gern … *(zum Hund)* Bello … sag mal … Neun Nonnen holen Kohlen zum Kohleofen …

HUND. Ho hoho hoho hoho ho hohohoho …

REPORTER. Ich weiß nicht, Herr Doktor, ich weiß nicht, ob das Tier diesem Thema gewachsen ist … Vielleicht sollten wir religiöse Bereiche überhaupt ausklammern …

DR. SOMMER. Wie Sie wünschen … dann eventuell doch noch eine politische Äußerung?

HUND *(macht ein unanständiges Geräusch mit der Zunge)*

REPORTER. Neinnein …

DR. SOMMER. … Oder etwas aus der Wirtschaft?

REPORTER. Ja bitte …

DR. SOMMER. … Über Atomstrom …

REPORTER. Nein, das sagt er nicht! Politische Äußerungen von Hunden sind auf dem Bildschirm unerwünscht …

DR. SOMMER. Aber ich versichere Ihnen, das …

REPORTER. Neinnein …

DR. SOMMER. Ich versichere Ihnen, das Tier äußert sich rein privat … ohne jeden politischen Aspekt …

REPORTER. Atomstrom *ist* ein politischer Aspekt …

DR. SOMMER. Na wenn schon …

REPORTER. … Und nicht Hunde, sondern Politiker haben darüber zu sprechen!

DR. SOMMER. Bello hat das Recht, über Atomstrom zu sprechen … wie ein Politiker!

HUND *(macht ein unanständiges Geräusch mit der Zunge)*

REPORTER Aber er weiß ja nicht, wovon er spricht!

DR. SOMMER. … wie ein Politiker!

REPORTER. Also gut … aber nicht länger als eine Minute …

DR. SOMMER. Bello … sag mal … Herr Otto Mohl fühlt sich unwohl am Pol ohne Atomstrom …

HUND. Ho hoho ho ho ho hoho ho ho hoho hohoho …

REPORTER. Solche Äußerungen heizen die Diskussion wieder ganz unnötig an …

DR. SOMMER. Also gut … Bello … sag mal … Otto Kohl fühlt sich wohl bei der Oberpostdirektion …

HUND. Hoho ho ho ho ho hoho hohohohohoho …

REPORTER. Na, das hat ja nun wieder überhaupt keinen aktuellen Bezug! Kann er nichts aus dem Themenkreis des Fernsehprogramms …

DR. SOMMER. … Bello … sag mal … Talkshow …

HUND. Hoho …

REPORTER. Herr Dr. Sommer, darf ich offen sprechen?

DR. SOMMER. Na und …?

REPORTER. Der Hund *kann* überhaupt nicht sprechen!

DR. SOMMER. Das ist eine unverschämte Behauptung!

REPORTER. Der Hund beherrscht nur einen einzigen Buchstaben … so etwas wie »O« …

HUND *(stößt einen langgezogenen, jaulenden Klagelaut aus)*

REPORTER. Was hat er denn jetzt wieder gesagt?

DR. SOMMER. Fischers Fritze fischt frische Fische …

HUND *(macht ein unanständiges Geräusch mit der Zunge)*

An der Opernkasse

Zu den Höhepunkten unseres Kulturlebens gehört ein festlicher Opernabend. Schon der Kartenkauf ermöglicht einen regen Gedankenaustausch zwischen Menschen, die sich durch ihre musikalische Neigung und die Vorfreude auf ein seltenes künstlerisches Ereignis verbunden fühlen.

Ein Herr tritt an den Schalter und spricht durch das niedrige Schiebefenster. Hinter ihm seine Gattin, dann 2. und 3. Herr, weitere Wartende.

GATTE. Ich hätte gern für zwei Personen – für *Siegfried* – am Donnerstag …

KASSIERER. Donnerstag ist ausverkauft …

GATTE. Ach …

GATTIN. Was is?

GATTE. Donnerstag ist ausverkauft … *(zum Kassierer)* Völlig ausverkauft?

KASSIERER. Völlig … seit zwei Wochen …

GATTE *(zur Gattin)*. Seit zwei Wochen völlig ausverkauft … *(zum Kassierer)* Auch nicht ganz hinten oder im Rang?

KASSIERER. Nein, leider …

GATTE. … Oder so zwölfte Reihe Mitte?

KASSIERER. Nein …

GATTIN. … Und im Rang oder ganz hinten … frag doch mal …

GATTE. … Wieso ist denn gerade *Siegfried* ausverkauft?

KASSIERER. *Siegfried* ist nicht ausverkauft …

GATTE. Aber Sie sagten doch gerade, *Siegfried* ist ausverkauft …

KASSIERER. Nein, Donnerstag ... ich sagte Donnerstag ...

GATTE. Jawohl ... *Siegfried* am Donnerstag ...

KASSIERER. Donnerstag ist ausverkauft ... *Siegfried* ist heute, Donnerstag ist *Martha*.

GATTE. Wieso *Martha*?

GATTIN. Was is?

GATTE. Donnerstag ist *Martha*.

GATTIN. Nee, *Martha* kommt heute ...

KASSIERER. Heute ist *Siegfried* ...

GATTE *(zum Kassierer)*. Martha ist meine Schwägerin ...

KASSIERER. Ach?

GATTIN. Was is?

GATTE. Martha ist meine Schwägerin ...

GATTIN. Mein Gott, *das* weiß ich auch, und was ist mit *Siegfried*?

GATTE. *Siegfried* is heute ...

GATTIN *(zum Gatten)*. ... aber heute geht nicht wegen Martha ...

KASSIERER. Entschuldigen Sie, ich werde jetzt abgelöst. Mein Kollege bedient Sie gleich weiter ... *(schließt das Kassenfenster)*

GATTE. Ah ja ...

2. HERR. Sehen Sie, da haben Sie's!

GATTE. Wieso?

2. HERR. Jetzt ist er weg, und in einer halben Stunde fängt die Vorstellung an ...

GATTE. Na und ...

2. HERR. Da möchte ich nämlich noch rein, wenn *Sie* nichts dagegen haben ...

KASSIERER *(öffnet die Kasse)*. Bitte, wer ist der Nächste?

2. HERR. Ich hätte meine Karte längst, wenn Sie wüssten, was Sie wollen …

GATTE *(macht Platz).* Bitte sehr, bitte sehr, wenn Sie es so eilig haben …

GATTIN. Unerhört!

2. HERR *(drängt an die Kasse).* … Ich hätte gern fünf Plätze für heute Abend, so sechste bis neunte Reihe Mitte …

KASSIERER *(sieht nach).* … Tut mir leid, ich habe noch vier in der dritten und einen hinten …

2. HERR. Aha …

KASSIERER. Oder zwei in der ersten und drei in der elften.

2. HERR. … Und weiter vorn?

KASSIERER. … Drei in der zwoten, einen in der vierten und einen in der neunten.

2. HERR. … Und fünf in der sechsten?

KASSIERER. Nein … leider …

2. HERR. Es gingen auch zwei in der sechsten, zwei in der siebten und einer in der achten.

KASSIERER. Nein, aber zwo in der ersten, einen in der zwoten und zwo in der zehnten …

2. HERR. Hm …

KASSIERER. Sie können es sich ja noch überlegen, damit wir hier weiterkommen …

2. HERR *(nachdenklich).* Tja … *(tritt beiseite)*

GATTE. Ich hatte mit Ihrem Kollegen alles schon besprochen, vielleicht könnten Sie uns …

GATTIN. Lass mich mal *(drängt sich an den Schalter)* … eigentlich hätten wir gern zweimal *Siegfried* für Donnerstag …

KASSIERER. *Siegfried* ist heute … Donnerstag ist *Martha* …

GATTE. Das ist meine Schwägerin ...

KASSIERER. Bitte?

GATTIN. Wir können wegen meiner Schwester heute nicht in *Siegfried* ...

GATTE. Aber den Drachen hätte ich doch ganz gern gesehen ...

GATTIN. Wir lieben Opern mit Tieren ...

KASSIERER. Ach ...

3. HERR. Ich habe einen Riesenschnauzer, wenn 'ne Oper im Fernsehen is, dann hält der immer den Kopf schief ...

GATTE. Goldig ... *(zur Gattin)* ... gibt es eigentlich eine Oper mit Hunden?

GATTIN. Ich weiß nicht ... *(zum Kassierer)* Gibt es Opern mit Hunden?

KASSIERER. Nein ...

GATTIN. Die ganze Woche nicht?

KASSIERER. Nein ... und nächste Woche auch nicht ...

2. HERR. Entschuldigen Sie ... darf ich mal?

GATTIN. Bitte sehr ...

2. HERR. Ich hätte jetzt gern für heute Abend fünf Plätze im ersten Rang, erste Reihe Mitte ...

KASSIERER *(sieht nach).* ... Da kann ich Ihnen nur noch drei Plätze im zwoten Rang, vierte Reihe Mitte anbieten und zwo im dritten Rang, erste Reihe Seite.

2. HERR. ... und zwo im ersten Rang, vierte Reihe Mitte und drei zwote Reihe Seite?

KASSIERER. Nein ...

2. HERR. Na, dann in Gottes Namen fünf Plätze vierter Rang, erste Reihe Mitte ...

KASSIERER. Da habe ich noch zwo erste Reihe Seite und drei vierte Reihe Mitte ...

2. HERR. Tja ...

GATTE. Entschuldigen Sie, dass ich mich einmische, aber wenn meine Gattin sich Ihnen vielleicht anschließen dürfte, wo Sie doch schon mehrere sind ...

GATTIN. Was?!

GATTE. Dann gehst du heute in *Siegfried* und ich Donnerstag mit Martha in *Martha* ...

2. HERR *(sieht die Gattin prüfend an).* Bitte schön ... *(zum Kassierer)* ... Also dann hätte ich jetzt gern zwo Plätze erste Reihe Mitte ...

GATTIN *(zum Gatten).* Aber *du* wolltest doch den Drachen sehen ...

GATTE. Neinnein, ein Hund wäre mir sowieso lieber gewesen ...

3. HERR. Sie können sich ja gern mit Ihrer Schwägerin meinen Riesenschnauzer ansehen ...

GATTE. *Das* wäre *sehr* liebenswürdig! Wenn ich Sie dafür in die Oper einladen dürfte ...

3. HERR. Ach, keine Ursache ...

GATTE. Aber ich bitte Sie!

3. HERR. Na, dann morgen in die *Zauberflöte.*

GATTE *(zum Kassierer).* ... Ich hätte gern für die *Zauberflöte* erste Reihe Mitte ... vier Plätze ... drei Erwachsene und ein Riesenschnauzer ...

Skat

Eine ziemlich leere Kneipe. In der Mitte ein Tisch mit Herrn Striebel und Herrn Vogel. Auf dem Tisch befinden sich zwei halbleere Biergläser und ein Kartenspiel mit Block und Bleistift. An einem anderen Tisch sitzt Herr Moosbach und liest Zeitung.

HERR STRIEBEL. Ach entschuldigen Sie … hallo …
HERR MOOSBACH. Ja bitte …
HERR STRIEBEL. Spielen Sie Skat?
HERR MOOSBACH. Im Moment nicht …
HERR STRIEBEL. … uns fehlt nämlich der dritte Mann!
HERR MOOSBACH. Ach!
HERR STRIEBEL. … Wenn Sie mit uns ein paar Runden spielen wollen …
HERR MOOSBACH. Gern … *(kommt an den Tisch, setzt sich in die Mitte und stellt sich vor)* Moosbach ist mein Name …
HERR STRIEBEL. Striebel …
HERR VOGEL. Vogel …
HERR MOOSBACH. Angenehm …
HERR VOGEL *(zum Wirt)*. Ein Bier bitte …
HERR STRIEBEL. Mir auch …
WIRT *(zu Herrn Moosbach)*. Der Herr auch ein Bier?
HERR MOOSBACH. Nein danke, ich bin mit dem Magen nicht ganz in Ordnung …
HERR STRIEBEL. Sind Sie Turnierspieler? *(mischt die Karten und gibt sie Herrn Vogel zum Abheben)*
HERR MOOSBACH. Nein, nicht direkt … ich habe auch länger nicht gespielt, aber ich spiele gern …

HERR STRIEBEL. Aha ... *(gibt)*

HERR MOOSBACH. Spielen, richtig verstanden, ist etwas Wunderschönes ... Es kann auch grade für junge Menschen eine gute charakterliche Schulung sein ...

HERR STRIEBEL. Contra nach'm ersten Stich und Null ohne Re ...

HERR MOOSBACH. Bitte?

HERR VOGEL. Verlorenes Contra: drei Bock, drei Ramsch ...

HERR STRIEBEL. Du sagst was, Herr Moosbach ist vorne ...

HERR MOOSBACH. Ach!

HERR VOGEL *(zu Herrn Moosbach)*. Achtzehn ...

HERR MOOSBACH. Was? ... Ach so ... ja ...

HERR VOGEL. Zwanzig ...

HERR MOOSBACH. Ja ...

HERR VOGEL. Zwo ... drei ...

HERR MOOSBACH. Jaja ... *(lächelt ahnungslos)*

HERR VOGEL. Vier ...

HERR MOOSBACH *(nickt freundlich)*

HERR VOGEL. Sieben ...

HERR MOOSBACH. Tjajajajaja ...

HERR VOGEL. Dreißig!

HERR MOOSBACH. Hmmm ... hm ... *(nickt liebenswürdig)*

HERR STRIEBEL. Na, der hat'n Blatt!

HERR MOOSBACH. Ich? Sie scherzen! Neinneinnein!

HERR VOGEL. Also keine dreiunddreißig?

HERR MOOSBACH. Neinnein ... neinnein ...

HERR STRIEBEL. Weg ...

HERR VOGEL *(nimmt Skat auf)*

HERR STRIEBEL. Wie heißt er?

HERR MOOSBACH. Moosbach!

HERR VOGEL. Grand!

HERR STRIEBEL *(zu Herrn Moosbach).* Sie kommen raus!

HERR MOOSBACH. Wo? *(sieht zurTür)* ... Ach so ... *(lächelt verschmitzt und legt eine Karte auf den Tisch)*

HERR VOGEL *(spielt eine Karte)*

HERR STRIEBEL *(spielt eine Karte)*

HERR VOGEL *(nimmt den Stich, knallt einen Buben auf den Tisch)*

HERR STRIEBEL *(knallt einen höheren Buben drauf)*

HERR MOOSBACH *(legt schüchtern etwas dazu)*

HERR VOGEL. Haben Sie keinen Buben?

HERR MOOSBACH *(Singsang).* Das *sag* ich nicht!

HERR STRIEBEL. Wir spielen Grand, Herr Moosbach!

HERR MOOSBACH. Ach! ... *(nimmt die Karte zurück und zeigt sein Blatt Herrn Vogel, der sich abwendet)* ... Ist das ein Bube? *(wendet sich zu Herrn Striebel)*

HERR STRIEBEL. Jawohl!

HERR MOOSBACH. Ich kann Buben und Damen so schlecht auseinanderhalten *(kichert albern und legt den Buben dazu)*

HERR STRIEBEL *(nimmt den Stich).* ... Und den! *(knallt ein Ass auf den Tisch)*

HERR MOOSBACH *(legt eine Karte ab)*

HERR VOGEL *(bedient)*

HERR STRIEBEL *(will den Stich nehmen)*

HERR MOOSBACH *(greift rasch zu).* ... Nein! Das sind jetzt meine! Jeder der Herren hat einmal die Karten an sich genommen ... ich habe es genau beobachtet!

HERR STRIEBEL. Ich bitte Sie, es ist mein Ass, Sie haben abgeworfen, und Herr Vogel hat bedient! *(nimmt den Stich)*

HERR MOOSBACH. Bitte sehr, bitte sehr … aber gerecht ist es nicht …

HERR STRIEBEL *(haut alle Karten nacheinander auf den-Tisch)*. … Und den … und den … und den … und den … Pech gehabt, Dicker …

HERR VOGEL. Jaja …

HERR STRIEBEL. Herr Moosbach, Sie geben …

(Wirt bringt Bier, Striebel schreibt an)

Ohne zwei spielt drei, Schneider vier, Grand, 80 …

HERR MOOSBACH *(hat alle Karten auf dem Tisch ausgebreitet und rührt darin herum)*

HERR VOGEL. Was machen Sie denn da?

HERR MOOSBACH. Nur auf diese Weise werden die Karten wirklich gemischt … damit man nicht immer dieselben bekommt … *(singt vor sich hin)* … Im Grunde genommen ist Skat ein Spiel, das den Intellekt schult … *(gibt umständlich eine Karte nach der anderen)*

HERR STRIEBEL *(zu Herrn Vogel)*. 18 …

HERR VOGEL. Ja …

HERR STRIEBEL. 20 …

HERR VOGEL. Ja …

HERR STRIEBEL. Zwo …

HERR VOGEL. Weg …

HERR MOOSBACH. Weg …

HERR VOGEL. Wie heißt er?

HERR MOOSBACH. Wer …

HERR STRIEBEL Karo … Du kommst raus …

HERR MOOSBACH. Was ist Trumpf?

HERR STRIEBEL. Karo …

HERR VOGEL *(spielt aus)*

HERR STRIEBEL *(knallt eine Karte drauf)*

HERR MOOSBACH *(überlegt lange, summt vor sich hin).* Was ist Trumpf?

HERR VOGEL. Karo …

HERR MOOSBACH *(sinnend).* … Ka … ro … Dann ist also eine Karo-Dame höher als ein Herz-König!

HERR VOGEL *(sich zur Ruhe zwingend).* Ja …

HERR MOOSBACH. … Aber nicht so hoch wie eine Karo-Zehn!

HERR STRIEBEL. Nein …

HERR MOOSBACH. Also, *was* ist Trumpf?

HERR STRIEBEL *(sehr scharf).* Ka … ro!

HERR MOOSBACH. Richtig! … Also! *(zieht ruckartig eine Karte, alle Karten fliegen über den Tisch, eine fällt in das Bierglas von Herrn Striebel)* … Hoppla!

(Herr Striebel und Herr Vogel beherrschen sich mühsam)

HERR MOOSBACH *(fingert die Karte aus dem Bierglas und legt sie auf den Tisch).* … Ich spiele zu gern!

HERR VOGEL *(bedient)*

HERR STRIEBEL *(nimmt den Stich, spielt klein aus).* … Pik!

HERR MOOSBACH *(bedient)*

HERR VOGEL *(sticht und spielt aus).* … Herzen!

HERR STRIEBEL *(bedient)*

HERR MOOSBACH *(spielt aus)*

HERR STRIEBEL *(zu Herrn Moosbach).* … Das ist Ihr Stich!

HERR MOOSBACH. Ach was! … Natürlich! … Herr Vogel hat die Herz-Sieben ausgespielt, dann hat Herr Striebel die Herz-Acht draufgelegt, und ich bin mit der Herz-Neun einfach drübergegangen … das ist mein Stich! … Die Herz-Sieben kommt von Herrn Vogel, dann die Acht von Herrn Striebel und – Zack! – komm ich mit der Neun! … So war's doch! … Herr Striebel dachte schon, er könnte da mit der Herz-Acht die Herz-Sieben ... Neinnein – Zack! – Ha-ha! ... Herr Striebel hätte ja stechen können, hat er aber nicht, und darum habe *ich* einfach – Zack! – mit der Herz-Neun ... *(lacht triumphierend)*

HERR VOGEL *(wirft seine Karten enerviert auf den Tisch)*

HERR MOOSBACH *(zu Herrn Vogel).* ... Ein guter Spieler lässt sich *nichts* anmerken, Herr Vogel! Spielen ist in erster Linie eine Charakterfrage ...

HERR STRIEBEL *(mühsam beherrscht).* ... Vielleicht erlaubt es Ihr Charakter, jetzt eine Karte auszuspielen!

HERR MOOSBACH. Dochdoch ... gewiss ... aber beim Skat will jeder Stich genau überlegt sein! Wenn man nicht ernst spielt, macht es keinen Spaß! *(überlegt, sieht Herrn Vogel kurz in die Karten, lächelt verschmitzt und spielt bedeutungsvoll eine Karte aus)*

HERR VOGEL *(sticht sofort)*

HERR MOOSBACH *(will seine Karte zurücknehmen).* ... Neinnein ... ich habe mich geirrt!

HERR VOGEL. Was liegt, liegt!

HERR MOOSBACH. Es war ein Versehen, Herr Vogel!

HERR VOGEL. Sie haben ...

HERR MOOSBACH. Ich sagte, es war ein Versehen!

HERR STRIEBEL *(streng).* Sie haben ausgespielt, Herr Vogel hat gestochen, und *so* bleibt es liegen ... Hier wird Skat gespielt, Herr Moosbach! *(knallt eine Karte drauf, nimmt den Stich und spielt aus)*

HERR MOOSBACH *(heiter).* Kennen Sie Schnipp-Schnapp? Das ist auch ein Spiel für drei Personen ...

HERR STRIEBEL *(scharf).* ... Nein, Schnipp-Schnapp kenne ich *nicht*! Aber *Sie* spielen jetzt eine Karte aus und legen sie hier drauf!

HERR VOGEL. … Und *da* bleibt sie auch liegen!

HERR MOOSBACH. Nein, meine Herren, *so* nicht! Spiel ist etwas Heiteres … es soll Freude machen … im Übrigen brauchen *Sie* einen dritten Mann! *Ich nicht! (will gehen)*

HERR STRIEBEL. Nun bleiben Sie doch sitzen …

HERR VOGEL. So war es ja nicht gemeint …

HERR MOOSBACH *(bleibt sitzen, spielt aus).* Bitte sehr …

HERR VOGEL *(sticht, nimmt und legt die Karten hin).* … Der Rest ist bei mir … *(sammelt die Karten ein, mischt)*

HERR STRIEBEL *(schreibt an).* Mit zwei spielt drei, Karo, siebenundzwanzig …

HERR MOOSBACH. Darf ich den Herren mal ein ganz kleines Kartenkunststück zeigen?

HERR VOGEL *(tauscht mit Herrn Striebel einen Blick und gibt Herrn Moosbach die Karten).* … Bitte sehr …

HERR MOOSBACH. Aber erst mal nicht gucken!

(Beide Herren wenden sich enerviert ab. Herr Moosbach knifft viele Karten zu kleinen Dächern und stellt sie vor sich auf den Tisch)

… So, Sie können sich umdrehen. Jeder darf sich ein Häuschen nehmen … Herr Striebel fängt an …

Inhaltsangabe

ANSAGERIN *(mit gewinnendem Lächeln).* Guten Abend, meine Damen und Herren! Heute sehen Sie die achte Folge unseres sechzehnteiligen englischen Fernsehkrimis *Die zwei Cousinen.* Zunächst eine kurze Übersicht über den Handlungsablauf der bisher gesendeten sieben Folgen.
Auf dem Landsitz North Cothelstone Hall von Lord und Lady Hesketh-Fortescue befinden sich außer dem jüngsten Sohn Meredith auch die Cousinen Priscilla und Gwyneth Molesworth aus den benachbarten Ortschaften Nether Addlethorpe und Middle Fritham, ferner ein Onkel von Lady Hesketh-Fortescue, der neunundsiebzigjährige Jasper Fetherston, dessen Besitz Thrumpton Castle zurzeit an Lord Molesworth-Houghton, einen Vetter von Priscilla und Gwyneth Molesworth, vermietet ist.
Gwyneth Molesworth hatte für Lord Hesketh-Fortescue in Nether Addlethorpe einen Schlipth ... Verzeihung ... einen Schlips besorgt, ihn aber bei Lord Molesworth-Houghton in Thrumpton Castle liegenlassen. Lady Hesketh-Fortescue verdächtigt ihren Gatten, das letzte Wochenende mit Priscilla Molesworth in Middle Fritham verbracht zu haben. Gleichzeitig findet Meredith Hesketh-Fortescue auf einer Kutschfahrt mit Jasper Fetherstone von Friddle ... äh ... Fiddle Mith ... Middle Fritham nach North Cothelstone Hall in Thrumpton Castle den Schlipth aus Nathel ... Naddle ... Entschuldigung ... Nether Addlethorpe ...
Nach einer dramatischen Auseinandersetzung zwischen Lady Hesketh-Fortescue und Priscilla Molesworth in

North Cothelstone Hall eilt Gwyneth Molesworth nach dem zwei Meilen entfernten South Thoresby, um ihre Tanten Amelie Hollingworth und Lucinda Satterthwaite aufthuthu ... aufzusuchen. Diese sind jedoch nach North Thurston zu ihrem Schwager Thomas Thatcham gefahren, der als Gärtner in Thrumpton Castle bei Lord Molesworth-Houghton arbeitet.
Gwyneth Molesworth fährt nach North Cothelstone Hall zurück, aber nicht über Maddle ... Middle Addlethorp, thondern über North Thurston, Thrumpton Castle, Middle Fritham und Nether Addlethorpe. Dort triffth thie Priscilla Molesworth, die mit Lord Molesworth-Houghton noch nachth von Naddle ... Thaddle Nather ... Thoddle Nether ... Noddle ... *(verzweifelter Blick in die Kamera. Abblende)*

Herren im Bad

Bad eines Hotelappartements. In der leeren Badewanne sitzen sich zwei vollschlanke, nackte Herren reiferen Alters gegenüber.

HERR I. Ich möchte ja nicht unhöflich erscheinen ... aber ich wäre jetzt ganz gern allein ...
HERR II. Wer sind Sie denn überhaupt?
HERR I. Mein Name ist Müller-Lüdenscheidt ...
HERR II. Klöbner ... Doktor Klöbner ...
MÜLLER-LÜDENSCHEIDT. Angenehm ...
DR. KLÖBNER. Angenehm ...
MÜLLER-LÜDENSCHEIDT. Können Sie mir sagen, warum Sie in meiner Badewanne sitzen?
DR. KLÖBNER. Ich kam vom Pingpong-Keller und habe mich in der Zimmernummer geirrt ... das Hotel ist etwas unübersichtlich ...
MÜLLER-LÜDENSCHEIDT. Aber jetzt wissen Sie, dass Sie in einer Fremdwanne sitzen, und baden trotzdem weiter ...
DR. KLÖBNER. Von Baden kann nicht die Rede sein, es ist ja kein Wasser in der Wanne ...
MÜLLER-LÜDENSCHEIDT. Als ich das Bad betrat, saßen Sie bereits im warmen Wasser ...
DR. KLÖBNER. Aber Sie haben es ja wieder abgelassen ...
MÜLLER-LÜDENSCHEIDT. Weil Sie es eingelassen haben, Herr Doktor Klöbner ... in meiner Wanne pflege ich das Badewasser selbst einzulassen ...
DR. KLÖBNER. Na, dann lassen Sie es doch jetzt ein!
MÜLLER-LÜDENSCHEIDT. Mein Badewasser lasse ich mir ein, wenn ich es für richtig halte ...

DR. KLÖBNER. Gewiss ... natürlich ... *(Pause, Dr. Klöbner pfeift)* Es sitzt sich recht kühl ... einfach so ... in der Wanne ...

MÜLLER-LÜDENSCHEIDT. Und ich sitze gern mal ohne Wasser in der Wanne ...

DR. KLÖBNER. Ach ...

MÜLLER-LÜDENSCHEIDT. Was heißt »ach«?

DR. KLÖBNER. »Ach« ... Sie sagten, dass Sie gern so in der Wanne sitzen, und ich meinte »ach« ...

MÜLLER-LÜDENSCHEIDT. Aha ...

DR. KLÖBNER. Ich hätte auch »aha« sagen können, aber ich wollte meiner Verwunderung darüber Ausdruck geben, dass Sie es vorziehen, ohne Wasser in der Wanne zu sitzen ...

MÜLLER-LÜDENSCHEIDT *(springt auf).* Herr Doktor Klöbner, ich leite eines der bedeutendsten Unternehmen der Schwerindustrie und bin Ihnen in meiner Badewanne keine Rechenschaft schuldig ...!

DR. KLÖBNER. Neinnein ...

MÜLLER-LÜDENSCHEIDT *(setzt sich).* ... Ich entscheide persönlich, ob ich *mit* Wasser bade oder *ohne* ...

DR. KLÖBNER. Jaja ...

MÜLLER-LÜDENSCHEIDT. Im Übrigen sagte ich nur ...

DR. KLÖBNER. Herr Müller-Lüdenscheidt ...

MÜLLER-LÜDENSCHEIDT. Bitte, lassen Sie mich ausreden ... ich sagte, dass ich ... wenn es die Situation erfordert ... durchaus in der Lage wäre, auch mal ein Wannenbad ohne Wasser zu nehmen ...

DR. KLÖBNER. Jaja ...

MÜLLER-LÜDENSCHEIDT. Und die Entscheidung darüber, ob ich mein Wannenbad mit oder ohne Wasser zu nehmen habe, lasse ich mir von niemandem aufdrängen …

DR. KLÖBNER. Neinnein …

MÜLLER-LÜDENSCHEIDT. Auch von Ihnen nicht … Herr Doktor Klöbner …

DR. KLÖBNER. Herr Müller-Lüdenscheidt … es wäre ja immerhin denkbar, dass es gewisse Argumente gäbe, die dafür sprächen, das Wasser jetzt einlaufen zu lassen …

MÜLLER-LÜDENSCHEIDT. Wie wollen *Sie* das beurteilen?

DR. KLÖBNER. Mein Gott, ich bade ja auch nicht zum ersten Mal …

MÜLLER-LÜDENSCHEIDT. So …!

DR. KLÖBNER. … und nach *meiner* Erfahrung ist eben ein warmes Wannenbad *mit* Wasser zweckmäßiger als *ohne*!

MÜLLER-LÜDENSCHEIDT. Das ist Ihre ganz persönliche Meinung, Herr Doktor Klöbner … aber man darf ja wohl noch anderer Ansicht sein …

DR. KLÖBNER. Ach was!

MÜLLER-LÜDENSCHEIDT. Sie können sich in *meiner* Wanne eine eigene Meinung überhaupt nicht *leisten …*

DR. KLÖBNER *(springt auf)*. Herr Müller-Lüdenscheidt!

MÜLLER-LÜDENSCHEIDT *(springt auf)*. Herr Doktor Klöbner! Ich lasse jetzt das Wasser ein, wenn Sie mich höflich darum bitten …

DR. KLÖBNER. Bitte …

MÜLLER-LÜDENSCHEIDT. Höflich …

DR. KLÖBNER. Höflich …

(Beide Herren setzen sich)

MÜLLER-LÜDENSCHEIDT. Na also … *(dreht Hahn auf)*

DR. KLÖBNER *(dreht den heißen Hahn zu und den kalten auf)*

MÜLLER-LÜDENSCHEIDT. Was machen Sie da?

DR. KLÖBNER. Ich lasse etwas kühleres Wasser ein …

MÜLLER-LÜDENSCHEIDT. Das ist sehr aufmerksam, aber ich hätte doch gern noch eine Kleinigkeit von dem heißen … *(dreht kalt zu und heiß auf und zu)*

DR. KLÖBNER. Wenn ich jetzt einen Schuss von dem kalten dazunehmen könnte … *(dreht kalt auf und zu)*

MÜLLER-LÜDENSCHEIDT. Das war eine Idee zu viel …

DR. KLÖBNER. Ach …

MÜLLER-LÜDENSCHEIDT. Ich glaube, noch ein paar Tropfen heißes, und man könnte sich einigen … *(dreht heiß auf und zu)* Geht es so?

DR. KLÖBNER. Oh, ja, vielen Dank …

MÜLLER-LÜDENSCHEIDT. Oh, bitte sehr …

DR. KLÖBNER *(greift nach einer Zelluloidente, die neben ihm auf einem Hocker sitzt)*

MÜLLER-LÜDENSCHEIDT. Die Ente bleibt draußen …

DR. KLÖBNER. Herr Müller-Lüdenscheidt …

MÜLLER-LÜDENSCHEIDT. … die Ente bleibt draußen …

DR. KLÖBNER *(springt auf)*. Herr Müller-Lüdenscheidt, ich bade immer mit dieser Ente … *(setzt sich)*

MÜLLER-LÜDENSCHEIDT. Nicht mit mir!

DR. KLÖBNER. Ich *kenne* Sie ja erst seit heute …

MÜLLER-LÜDENSCHEIDT. Wenn *Sie* die Ente here*in*lassen, lasse *ich* das Wasser her*aus*!

DR. KLÖBNER. Das sind wohl die Erpressermethoden Ihrer Gangsterfirma!

MÜLLER-LÜDENSCHEIDT *(springt auf)*. Herr Doktor Klöbner!

DR. KLÖBNER *(springt auf)*. Herr Müller-Lüdenscheidt! *(Beide Herren setzen sich wieder)*

MÜLLER-LÜDENSCHEIDT. Akademiker wollen Sie sein? Ha!

DR. KLÖBNER. Also, was ist jetzt?

MÜLLER-LÜDENSCHEIDT. Ich lasse das Wasser heraus, wenn Sie die Ente hereinlassen …

DR. KLÖBNER. Ich nehme meine Ente herein!

MÜLLER-LÜDENSCHEIDT. Wo ist der Stöpsel?

DR. KLÖBNER. Sie sitzen drauf …

MÜLLER-LÜDENSCHEIDT *(zieht den Stöpsel heraus. Das Wasser läuft ab)*

DR. KLÖBNER. Wissen Sie eigentlich, dass viele Menschen überhaupt kein Bad besitzen?

MÜLLER-LÜDENSCHEIDT. Ach, Sozi sind Sie wohl auch noch!

DR. KLÖBNER *(springt auf)*. Herr Müller-Lüdenscheidt!

MÜLLER-LÜDENSCHEIDT *(springt auf)*. Herr Doktor Klöbner!

(Beide Herren setzen sich wieder)

Also lassen Sie die Ente in Gottes Namen herein …

(setzt den Stöpsel wieder ein)

DR. KLÖBNER. Nein! … mit Ihnen teilt meine Ente das Wasser nicht!

MÜLLER-LÜDENSCHEIDT. Sie lassen sofort die Ente zu Wasser …

DR. KLÖBNER. Ich denke nicht daran!

MÜLLER-LÜDENSCHEIDT. Dann tauche ich jetzt so lange, bis Sie die Ente zu Wasser lassen …

DR. KLÖBNER. Bitte sehr …

MÜLLER-LÜDENSCHEIDT. Es ist mir ernst … ich zähle bis drei … eins … zwei … drei … *(taucht)*

DR. KLÖBNER *(sieht ungerührt zu)*

MÜLLER-LÜDENSCHEIDT *(taucht auf)*

DR. KLÖBNER. Da sind Sie ja schon wieder!

MÜLLER-LÜDENSCHEIDT. Jawohl!

DR. KLÖBNER. Passen Sie mal auf! *(taucht. Pause)*

MÜLLER-LÜDENSCHEIDT. Herr Doktor Klöbner ... hören Sie? ... Wenn Sie nicht sofort auftauchen, verlasse ich die Wanne ... die Luft anhalten kann jeder!

DR. KLÖBNER *(taucht auf).* Was sagen Sie nun?

MÜLLER-LÜDENSCHEIDT. Sie langweilen mich ...

DR. KLÖBNER. *Aber* ich kann länger als Sie ...

MÜLLER-LÜDENSCHEIDT. Es gibt Wichtigeres im Leben ...

DR. KLÖBNER. Was denn?

MÜLLER-LÜDENSCHEIDT. Ehrlichkeit, Toleranz, Mut, Anstand, Hilfsbereitschaft, Tüchtigkeit, Zähigkeit, Sauberkeit ...

DR. KLÖBNER *(gleichzeitig).* Jaja ... jaja ... jaja ... *Aber* ich kann länger als Sie!

MÜLLER-LÜDENSCHEIDT. Es kommt auf den Charakter an ...

DR. KLÖBNER. *Aber* ich kann länger als Sie!

MÜLLER-LÜDENSCHEIDT. ... Und das glaube ich Ihnen nicht!

DR. KLÖBNER. Dann tauchen wir jetzt gleichzeitig!

MÜLLER-LÜDENSCHEIDT. Wie Sie wünschen ...

DR. KLÖBNER. Dann werden wir's ja sehen!

MÜLLER-LÜDENSCHEIDT. Das werden wir sehen!

DR. KLÖBNER. ... ich habe schon ganz verschrumpelte Finger ...

MÜLLER-LÜDENSCHEIDT. Ich auch ...

DR. KLÖBNER. Also eins ... zwei ...

MÜLLER-LÜDENSCHEIDT. Drei …

(Beide Herren tauchen. Pause)

HERR III *(betritt nackt mit einem Handtuch über dem Arm das Bad).* Ist hier jemand? … Halloo!

MÜLLER-LÜDENSCHEIDT & DR. KLÖBNER *(tauchen auf und sehen Herrn III an)*

HERR III. Entschuldigen Sie, ist das hier Zimmer einhundertsieben?

Mutters Klavier

Der Kontakt zwischen Familienangehörigen, die weit entfernt voneinander leben, wird nicht mehr allein durch Brief und Telefon aufrechterhalten. Mit einer Videokamera können Sie jetzt glückliche Augenblicke Ihres Familienlebens in Bild und Ton festhalten und dann die bespielte Kassette Ihren Lieben in die Ferne schicken.

Zwei Möbelträger stellen ein Klavier vor einer Wohnungstür ab und klingeln.

VATI *(die Tür öffnend).* Aha!

TRÄGER *(Lieferschein ablesend).* Ist das hier richtig bei … Panislowski?

VATI *(in die Wohnung zurückrufend).* Thomas! Also, Netzschalter auf »On«, gleichzeitig die Tasten »Start« und »Aufnahme« drücken, aber die Kamera erst auslösen, wenn die beiden Herren mit dem Klavier in der Wohnzimmertür erscheinen …

TRÄGER. Sind wir hier richtig bei … Panislowski?

VATI. Thomas!

THOMAS *(von innen).* Ja …

VATI. Hast du verstanden?

THOMAS. Ja …

VATI. Na, dann sag doch was!

TRÄGER. Wir kommen von der Firma …

VATI. Ich weiß, meine Herren, dieses Instrument ist ein Geschenk von meiner Mutter, die in Massachusetts lebt, in den Vereinigten Staaten. Es hat also immerhin eine Reise per Schiff von 8000 Kilometern hinter sich, und wir möchten die Ankunft des Klavieres und die freudige Überraschung im Familienkreis als Film festhalten … also nicht Film … so Video … Videorekorder … auf Kassette … wir haben ein TV-Heimgerät, und wir schicken dann die Kassette meiner Mutter in die Staaten … *(nach hinten)* Thomas, läuft das Band?

THOMAS. Ja …

VATI. Also bitte, dann kommen Sie jetzt …

TRÄGER. Zu … gleich …

(tragen das Klavier in den Flur)

VATI *(neben ihnen hergehend)*. … Und wenn Sie den Wohnraum betreten, sagen Sie einfach »Guten Tag« oder was Sie eben so sagen, und das Ganze ein bisschen lebhaft, wissen Sie, es soll fröhlich wirken …

THOMAS. Vati, du musst aber hier mit im Zimmer sein …

VATI. Ich komme … Warten Sie, bis ich »jetzt« sage! *(eilt ins Wohnzimmer. Dort sitzen um einen gedeckten Kaffeetisch die strickende Mami, Schwiegertochter Helga und zwei etwa zehnjährige Enkel. In der gegenüberliegenden Zimmerecke steht der 35-jährige Sohn Thomas hinter der Videokamera)*

VATI. Also Kinder, alles wie besprochen … Mamilein, du klatschst in die Hände und rufst »Was ist denn *das*?« … so richtig freudig überrascht … Klaus-Dieter und Heinz-Herbert … »Schau mal, Opa, das schöne Klavier!« … und du Helga … wie war das?

HELGA. Ein Klavier … ein Klavier!

VATI. Ach ja … dann sage ich »Mutter, wir danken dir!«, und Thomas, du achtest drauf, dass das Klavier immer schön im Bild ist …

THOMAS. Jaja …

VATI *(sieht durch die Tür in den Flur).* Jetzt! *(setzt sich rasch)* Läuft das Band?

THOMAS. Ja doch! *(richtet die Kamera auf die Tür. – Die Tür wird aufgestoßen. Beide Träger kommen ohne Klavier ins Zimmer)*

TRÄGER. Guten Tag!

MAMI *(klatscht in die Hände).* Was ist denn *das*?

KINDER *(im Chor).* Schau mal, Opa, das schöne Klavier!

HELGA. Ein Klavier ... ein Klavier!

VATI. Halt ... Haaalt! So geht das nicht ... meine Herren, wir hatten natürlich angenommen, Sie hätten das Klavier bei sich!

TRÄGER. Soll es hier rein?

VATI. Ganz recht ... dort an die Wand ...

(Die Träger wenden sich zum Gehen)

Ach, und es wäre vielleicht doch gut, wenn – nachdem meine Frau »Was ist denn das?« gesagt hat –, wenn Sie dann sagen würden: »Das ist ein Geschenk von Frau Berta Panislowski aus Massachusetts!« ... das ist meine Mutter ...

(Träger aus dem Zimmer)

VATI. ... Und Helga, du sitzt da so steif, es muss natürlicher aussehen, iss doch ein Stück Kuchen ... *(zu den Kindern)* ... Das gilt auch für euch ... *(nach draußen)* So ... bitte sehr ... *(zum Sohn)* Läuft die Kassette?

THOMAS *(ärgerlich).* Ja ...

(Die Tür öffnet sich. Die Träger tragen das Klavier herein und sitzen mit einem üblen Geräusch an der Anrichte fest)

TRÄGER. Guten Tag ...

MAMI. Mein Gott, die ruinieren mir ja die ganze Anrichte ...

TRÄGER. Das ist ein Geschenk von Frau ... äh ... von Berta ...
KINDER *(mit vollem Mund).* Schau mal, Opa, das schöne Klavier!
HELGA *(mit vollem Mund).* Ein Klavier ... ein Klavier!
VATI *(unterbrechend).* Halt, halt, halt, halt! Mamilein, *bitte*, du musst dich genau an deinen Satz halten ... »Was ist denn das?« ...
MAMI. Aber die haben mir die Anrichte verschrammt ...
VATI. Das braucht doch meine Mutter nicht zu wissen ... immerhin schenkt sie uns das Klavier!
(Die Träger haben das Klavier abgesetzt)
TRÄGER. ... also da an die Wand?
VATI. Herr ... äh ... wie ist Ihr Name?
TRÄGER. Finke ...
VATI. Herr Finke, wir müssen die Aufnahme wiederholen ... und meine Mutter heißt Panislowski, Berta Panislowski aus Massachusetts ...
(Die Träger tragen das Klavier zurück in den Flur)
... Entschuldigen Sie, dass wir Sie noch mal bemühen müssen ... aber für Sie ist es doch auch mal was anderes ... *(zum Sohn)* Läuft das Band?
THOMAS *(enerviert).* Ja doch!
VATI *(nach draußen).* Sie können kommen!
(Es passiert nichts. Vati steht auf, geht an die Tür und will hinaussehen. Da geht die Tür unerwartet auf und knallt ihm an den Kopf. Er hält sich das Auge. Die Träger tragen das Klavier herein)
TRÄGER. Guten Tag ...
MAMI *(ohne hinzusehen).* Was ist denn *das*?
TRÄGER. Das ist ein Geschenk von Frau Berta Plani ... Plopski ...

KINDER *(mit vollem Mund).* Schau mal, Opa, das schöne Klavier!

HELGA *(mit vollem Mund).* Ein Klavier ... ein Klavier!

VATI *(sich das Auge haltend).* Nein ... nein ... meine Mutter heißt Berta Panislowski und wohnt in Massachusetts ... bitte, wenn Sie noch einmal hereinkommen würden ...

(Die Träger tragen das Klavier hinaus)

HELGA. Sollen wir denn immer noch Kuchen essen?

MAMI. Ich muss dann auch in die Küche und Abendessen machen ...

VATI *(mit zugekniffenem Auge, ärgerlich).* Wir sitzen jetzt gemütlich am Kaffeetisch und essen Kuchen ... Mutters Klavier kommt aus Amerika zu ihrer harmonischen kleinen Familie in Deutschland ... ist das zu viel verlangt? *(nach draußen)* Bitte, meine Herren ... *(zum Sohn)* Läuft das Band?

THOMAS *(gereizt).* Jawohl, es läuft!

VATI. Ich wünsche nicht, dass du in diesem Ton zu deinem Vater sprichst!

(Die Träger tragen das Klavier herein)

TRÄGER. Guten Tag ...

MAMI. Was ist denn das?

TRÄGER. Das ist ein Geschenk von Frau Berta Panislowski aus Matscha ... wie war das?

KINDER *(mit vollem Mund).* Schau mal, Opa, das schöne Klavier!

HELGA *(mit vollem Mund).* Ein Klavier ... ein Klavier!

VATI. Beinah ... wir hatten es beinah ... Herr Finke, wenn

Sie Schwierigkeiten mit dem Namen Massachusetts haben, lassen Sie ihn weg, und sagen Sie einfach nur, dass es eben ein Geschenk von meiner Mutter ist ... also bitte noch einmal ...

(Die Träger tragen das Klavier hinaus)

KIND. Mir ist schlecht ...

VATI. Nimm dich zusammen, Junge ... *(Blick zu Thomas)* Thomas! *(deutet auf Rekorder)*

THOMAS *(düsterer Blick zum Vater)*

VATI. ... Und herein bitte ...

(Die Träger tragen das Klavier herein)

TRÄGER. Guten Tag ...

MAMI. Was *ist* denn das?

TRÄGER. Das ist ein Geschenk von meiner Mutter ...

KINDER. Schau mal, Opa, das schöne Klavier ...

HELGA. Ein Klavier ... ein Klavier!

VATI. Halt ... neinneinneinnein! Herr Finke, das ist eben nicht ein Geschenk von *Ihrer* Frau Mutter ... es ist ein Geschenk von *meiner* Mutter!

TRÄGER *(tonlos)*. Ach so ...

(Die Träger tragen das Klavier hinaus)

VATI *(hinterherrufend)*. ... Von Frau Berta Panislowski ... also bitte ... und alles ein bisschen lebhafter ... Helga, gib doch den Kindern mal ein frisches Klavier ... äh ... ein ... *(zeigt auf die Torte)* ... na ...

HELGA *(Kuchen verteilend, mit vollem Mund)*. Torte ...

VATI. Ja ... und bitte herein!

(Die Träger tragen das Klavier herein)

TRÄGER. Guten Tag ...

MAMI *(gähnend).* Was ist denn das?

TRÄGER. Das ist ein Klavier … ein Geschenk von Berta … aus Panislowski …

KINDER *(gequält, mit vollem Mund).* Schau mal, Opa, das schöne Klavier …

HELGA. Ein Klavier … ein Klavier …

VATI. Mutter, wir danken dir! … Es war nicht ganz korrekt, aber lassen wir's mal so … Vielen Dank, meine Herren …

MAMI. Dann geh ich jetzt mal ans Abendessen …

HELGA *(kämpft mit vorgehaltener Serviette gegen Übelkeit)*

Parkgebühren

Ein Herr mit Aktentasche tritt an seinen Wagen, der an einer Parkuhr abgestellt ist. Eine Politesse kontrolliert die Parkzeit.

HERR. Was is' denn?

POLITESSE *(ihren Formularblock ziehend).* Sie haben die Parkzeit überschritten. Sind Sie mit einer Verwarnung einverstanden? *(sieht nach der Wagennummer und vergleicht die Uhrzeit)*

HERR. Das ist gar nicht möglich, ich habe ja grade erst ein Zehnpfennigstück eingeworfen! Dann war ich drüben in der Bank und bin sofort wieder zurück …

POLITESSE. Dann hat es wohl ein bisschen länger gedauert … *(schreibt)*

HERR. Neinnein … ich habe nur einen Umschlag abgeholt …

POLITESSE. … Die zulässige Parkzeit ist überschritten, da die rote Kontrollscheibe seit 20 Minuten im Sichtfenster der Parkuhr sichtbar ist …

HERR. Dann ist die Parkuhr kaputt …

POLITESSE *(sieht ruhig auf den Herrn)*

HERR. Sie muss kaputt sein …

POLITESSE. Das ist ja festzustellen … *(greift in die Tasche, entnimmt Portemonnaie und Münze)* Wenn die Uhr nach Einwurf der Münze zurückrastet, ist sie nicht beschädigt. *(wirft die Münze ein, die Uhr springt zurück. Überreicht den Verwarnungsschein)* Die Parkuhr ist *nicht* beschädigt! Sind Sie mit einer Verwarnung einverstanden?

HERR. Ja … ich … *(sieht ratlos auf die Parkuhr, dann in den Wagen)* Halt! … Das ist überhaupt nicht mein Wagen … *(zeigt auf einen anderen)* Da! … *Das* ist mein Wagen! Ich war im Moment ganz … ist ja auch dasselbe Modell! *(sieht kurz hinein und zeigt auf die Parkuhr)* … und erst 10 Minuten abgelaufen! *(steigt ein und fährt ab)*

POLITESSE *(sieht verblüfft von einem Wagen zum anderen und steckt die Verwarnung hinter den Scheibenwischer)*

(Ein Ehepaar geht auf den ersten Wagen zu)

POLITESSE. Sind Sie die Wagenbesitzer?

GATTE. Jawohl …

POLITESSE. Sie haben die Parkzeit überschritten. Sind Sie mit einer Verwarnung einverstanden?

GATTIN. Wir haben nur ganz schnell ein paar Einkäufe gemacht …

GATTE. Hier in der unmittelbaren Umgebung … Es kann gar nicht länger als eine Viertelstunde gedauert haben …

POLITESSE. Wenn die rote Kontrollscheibe im Sichtfenster sichtbar wird, ist die Parkzeit mindestens um 10 Minuten überschritten …

GATTIN. Wo ist eine rote Kontrollscheibe?

POLITESSE. Hier im Sichtfenster …

GATTIN. Da ist keine rote Scheibe …

GATTE. Na, bitte!

POLITESSE. Ja, jetzt natürlich nicht … es ist ja eine Münze eingeworfen …

GATTE. Dann ist doch alles in Ordnung …

POLITESSE. Neinnein … *Sie* haben ja keine Münze eingeworfen …

GATTE. Ha, wer denn sonst?

POLITESSE. Ich …

GATTE. Bitte?

(Zwei Polizisten treten dazu)

POLITESSE *(zu den Polizisten).* Diese Herrschaften haben die zulässige Parkzeit überschritten ...

POLIZIST *(zum Gatten).* Darf ich mal Ihren Führerschein und die Wagenpapiere sehen?

GATTE *(holt sie aus der Tasche)*

GATTIN. Wir waren nur 5 Minuten weg ...

POLIZIST. Wenn die rote Kontrollscheibe im Sichtfenster sichtbar wird, ist die Parkzeit überschritten ...

GATTE. Aber die rote Kontrollscheibe ist eben *nicht* im Sichtfenster sichtbar!

POLITESSE *(zu den Polizisten). Ich* habe eine Münze eingeworfen!

DIE POLIZISTEN *(sehen verblüfft auf die Politesse)*

GATTE. Ach was! ...

POLITESSE *(zu den Polizisten).* Ein unbekannter Verkehrsteilnehmer wollte sich mit diesem Wagen entfernen ... er hatte jedoch in die andere Parkuhr eine Münze eingeworfen ...

POLIZIST. Wo hatte der Herr eine Münze eingeworfen?

POLITESSE. In die andere Parkuhr ... in die andere dort ...

(Passanten treten dazu)

GATTIN. ... Und er wollte mit unserem Wagen fahren ...?

POLIZIST *(zur Politesse).* Kennen Sie den unbekannten Verkehrsteilnehmer?

POLITESSE. Nein, der unbekannte Verkehrsteilnehmer hatte nur irrtümlich angenommen, die Parkuhr sei beschädigt ...

POLIZIST. Welche?

POLITESSE. Diese ...

POLIZIST. Aber der Verkehrsteilnehmer hatte sein Parkgeld ordnungsgemäß in den Münzeinwurf der *anderen* Parkuhr eingeworfen …

POLITESSE. Jawohl …

POLIZIST. … Und hatte dann irrtümlich angenommen, der Münzeinwurf *dieser* Parkuhr sei beschädigt …

POLITESSE. Er hatte unrichtig behauptet, in *diese* Parkuhr die Parkgebühr ordnungsgemäß entrichtet zu haben, und wollte sich irrtümlich mit *diesem* Fahrzeug entfernen …

GATTE *(erregt).* Irrtümlich, haha!

POLIZIST. Bitte, bewahren Sie Ruhe, Ihr Fahrzeug befindet sich ja in Ihrem Besitz … *(zu den gedrängt stehenden Passanten)* Gehen Sie doch weiter, meine Herrschaften.

POLITESSE. Es war so: Ich habe eine Münze in den für den Münzeinwurf bestimmten Münzeinwurf eingeworfen, weil der Verdacht bestand, dass der unbekannte Verkehrsteilnehmer die Parkmünze nicht ordnungsgemäß in den Münzeinwurf der Parkuhr eingeworfen hatte. Der unbekannte Verkehrsteilnehmer hatte unrichtig auf die Beschädigung *dieser* Parkuhr hingewiesen, in die er ordnungsgemäß keine Parkmünze eingeworfen hatte, da er in den für den Münzeinwurf bestimmten Münzeinwurf der *anderen* Parkuhr ordnungsgemäß eine Münze eingeworfen hatte. Die bei versäumter rechtzeitiger Nachzahlung im Sichtfenster sichtbare rote Kontrollscheibe dieser Parkuhr war daher sichtbar …

DIE POLIZISTEN *(sehen starr auf die Politesse)*

POLITESSE *(irritiert).* Die Behauptung, die Münzautomatik dieser Parkuhr sei beschädigt, erwies sich als unrichtig, da der unbekannte Verkehrsteilnehmer ordnungsgemäß die Münze nicht in den hierfür bestimmten Münzeinwurf eingeführt hatte. Er wollte sich mit diesem Fahrzeug entfernen, unterließ es jedoch, da es ihm nicht gehörte …

DIE POLIZISTEN *(sehen starr auf die Politesse)*

POLITESSE *(in zunehmender Verwirrung).* Durch die deutlich sichtbare rote Kontrollscheibe im Sichtfenster der Parkuhr war ersichtlich, dass der Einwurf der Münze in den für den Münzeinwurf bestimmten Münzeinwurf der Park … der Münzparkautomatik im Sinne des §13, Absatz 1 der Straßenverkehrsordnung nicht erfolgt war. Eine Verwarnung des unbekannten Verkehrsteilnehmers brauchte nicht zu erfolgen, da er im Begriff war, sich dieses Fahrzeug irrtümlich anzueignen.

(Das Ehepaar starrt die Politesse an)

POLIZIST *(zum Ehepaar).* Sie können Ihr Fahrzeug jetzt mitnehmen …

(Das Ehepaar steigt verblüfft ein und fährt ab)

POLITESSE *(hysterisch kichernd).* Nach Einwurf der Münze in den für den Münzeinwurf bestimmten Münzeinwurf und Zurückrasten der im Sichtfenster sichtbaren roten Kontrollscheibe war der Fahrzeughalter der ordnungswidrigen Unterlassung des rechtzeitigen Münzeinwurfs in den für den Münzeinwurf bestimmten Münzeinwurf …

(Die Polizisten nehmen die weiterredende Politesse behutsam, aber fest zwischen sich und gehen mit ihr davon)

Feuergeben

Straße in einer Einkaufsgegend. Ein eiliger Herr bleibt stehen, wühlt eine Zigarettenschachtel aus der Tasche, nimmt die letzte Zigarette heraus. Sieht sich suchend um, geht auf einen älteren Herrn zu.

EILIGER HERR. Ach entschuldigen Sie, könnten Sie mir wohl Feuer geben? ... *(steckt sich die Zigarette in den Mund)*

RENTNER *(setzt Aktentasche und gefüllte Plastiktüte ab. Greift erst in eine, dann in die andere Hosentasche)*. ... Ich hatte eine Schachtel Streichhölzer ... die funktionieren wenigstens ... bei Feuerzeugen ist das immer so eine Sache ... da ist immer entweder kein Benzin ... oder kein Gas drin ... *(greift in eine Jacketttasche)* ... Oder der Stein ist abgenutzt ... meine Gattin hat mir mal so'n Ding geschenkt ... hat nie funktioniert ... *(greift in die andere Jacketttasche)* Sind Sie verheiratet?

EILIGER HERR. Nein ...

RENTNER. Dreiundzwanzig Jahre ... *(nickt bedeutungsvoll. Tastet seine Brusttaschen von außen ab)* ... Da weiß man, was los ist ... Wohnen Sie hier in der Gegend?

EILIGER HERR. Nein ...

RENTNER. Sonst geht meine Gattin ja einkaufen ... aber sie fühlt sich heute nicht so ganz ... *(greift in die eine Brusttasche)* ... Nichts Ernstes ... mehr so allgemein ... das Wetter macht ihr auch ziemlich zu schaffen ... *(greift in die andere Brusttasche)* ... Und dann letztes Jahr diese Gallengeschichte ... ich weiß genau, ich hatte eine ganz frische Schachtel Streichhölzer ... *(greift in eine Westen-*

tasche) … Gott, man wird eben nicht jünger … bei mir geht es jetzt in der Schulter los … *(greift in die andere Westentasche)* Hier … *(greift sich an die Schulter)* … Warten Sie … *(nimmt die Plastiktüte auf)* … Ich habe doch eine Großpackung Streichhölzer gekauft … halten Sie mal? … *(gibt dem eiligen Herrn den einen Griff der Plastiktüte in die Hand und sucht in der Tüte herum)*

EILIGER HERR. Ach, lassen Sie nur … wenn es Umstände macht …

RENTNER. Neinnein … ich hab sie gleich … das ist übrigens eine sehr gute Einkaufsgegend hier … in der Lebensmittelabteilung von dem Einkaufscenter drüben kriegt man eigentlich alles … kennen Sie diese Reformflocken? *(holt eine Packung heraus)*

EILIGER HERR. Nein …

RENTNER. Ich hatte mir vor zwei Jahren in Spanien eine üble Magengeschichte geholt … Waren Sie mal in Spanien?

EILIGER HERR. Nein …

RENTNER. Da haben die mir sehr geholfen … ah! … Die Streichhölzer! *(holt eine Packung heraus und öffnet sie)* … Nein, das sind die Reißnägel aus dem Sonderangebot … aber hier in der Aktentasche müssten sie eigentlich … *(setzt die Plastiktüte ab, nimmt die Aktentasche auf und greift hinein)* … Wir gehen übrigens dieses Jahr nach Mallorca … in eine sehr nette Pension mit deutscher Küche …

EILIGER HERR *(spielt ungeduldig mit seiner Zigarette im Mundwinkel)*

RENTNER. Man will doch im Urlaub nicht ständig an die Verdauung denken … *(greift wieder zur Brusttasche)* Ich hatte noch so ein Streichholzheftchen … *(stößt in seiner Brieftasche auf einige Farbfotos)* … Hier … das ist meine Gattin … mit meiner Schwägerin …

EILIGER HERR *(betrachtet das Bild verdrossen)*

RENTNER. … Vor zwei Jahren aufgenommen … in Remscheid … vor dem Haus meines Schwagers … also mehr vor der Garage … der Garten ist nach hinten raus … Meine Gattin hatte damals noch eine etwas unvorteilhafte Frisur … Aber warten Sie … Ich weiß genau, dass ich noch so ein Streichholzheftchen hatte …

EILIGER HERR *(wendet sich zum Gehen).* … Na ja … dann …

RENTNER. Hier … *(zeigt ein weiteres Farbfoto)* … Das ist unser Struppi … ich sage Ihnen, der versteht jedes Wort. Wenn meine Gattin mit ihm spricht, hält er immer den Kopf schief … Haben Sie einen Hund?

EILIGER HERR. Nein …

RENTNER *(steckt die Brieftasche ein).* … Wir haben unsern seit … warten Sie mal … Elf Jahre wohnen wir jetzt in der Sinkelstraße … das ist gleich hier um die Ecke … in der zweiten Etage … *(findet etwas in der anderen Brusttasche)* … Jetzt hab ich's … ich wusste es doch! … *(holt ein Streichholzheftchen hervor)*

EILIGER HERR *(kommt mit Zigarette im Mund nah heran)*

RENTNER *(öffnet das Heftchen. Es ist leer).* … Ach … da ist keins mehr drin … *(steckt es wieder ein)* … Aber ich habe doch noch eins … *(greift in eine Hosentasche)*

EILIGER HERR *(bemüht sich, seine halb aufgelöste Zigarette durch Anlecken wieder in Form zu bringen)*

RENTNER. Streichhölzer können ja nicht spurlos verschwinden … am besten, man sucht einfach ganz systematisch ... *(beginnt seine Hosentaschen auszuräumen)* ... Man soll es ja auch nicht übertreiben mit dem Rauchen ... Ist das Ihre letzte Zigarette?

EILIGER HERR *(spuckt seine ruinierte Zigarette aus).* ... Ja ...

Kosakenzipfel

Die Ehepaare Hoppenstedt und Pröhl feiern in einem eleganten Restaurant das fünfjährige Bestehen ihrer Freundschaft. Sie haben soeben in gehobener Stimmung das Hauptgericht zu sich genommen.

FRAU PRÖHL. Ach, war das köstlich!

HERR HOPPENSTEDT. Ganz ausgezeichnet …

HERR PRÖHL *(gießt gleichzeitig den Rest Wein in die Gläser).* Der darf nicht umkommen!

FRAU HOPPENSTEDT. Herr Pröhl, Sie müssen noch von den Böhnchen nehmen …

HERR PRÖHL. Vielen Dank, gnä' Frau …

FRAU PRÖHL. Herr Hoppenstedt …! *(schiebt ihm die Platte mit einem Fleischrest zu)*

HERR HOPPENSTEDT. … Räumlich unmöglich …

FRAU PRÖHL. Ach …

HERR HOPPENSTEDT *(klopft ans Glas)*

HERR PRÖHL. … Pscht …

HERR HOPPENSTEDT. Verehrte gnädige Frau, lieber Herr Pröhl …

OBER *(unterbricht).* Wünschen die Herrschaften noch ein Dessert?

HERR PRÖHL. Etwas Süßes in Ehren kann niemand verwehren!

(Allgemeines dummes Gelächter)

FRAU HOPPENSTEDT. Was gibt es denn Schönes?

OBER. Flambierte Himbeeren, Crème Caramel, Birne Helene …

FRAU PRÖHL. Köstlich …

FRAU HOPPENSTEDT. Ich hätte gern eine Crème Caramel …

FRAU PRÖHL. Das nehme ich auch!

HERR HOPPENSTEDT. Sie hatten doch immer so eine Spezialität …

OBER. Kosakenzipfel …

HERR HOPPENSTEDT. Kosakenzipfel! Das ist das Größte!

FRAU HOPPENSTEDT. Den müssen Sie probieren!

HERR HOPPENSTEDT *(zum Ober).* Zwei Kosakenzipfel!

HERR PRÖHL. Kosakenzipfel?

OBER. Das ist ein Mokka-Trüffel-Parfait mit einem Zitronencreme-Bällchen …

HERR PRÖHL. Hervorragend!

OBER. Zwei Crème Caramel … zwei Kosakenzipfel. *(ab)*

FRAU HOPPENSTEDT. Ach, was werden wir heute verwöhnt!

HERR HOPPENSTEDT *(klopft ans Glas)*

FRAU PRÖHL. Jetzt aber!

HERR PRÖHL. Pscht!

HERR HOPPENSTEDT. Verehrte gnädige Frau, lieber Herr Pröhl, es ist heute fünf Jahre her, dass meine Gattin und ich Ihre Gattin und Sie auf dem Campingplatz in Klagenfurt kennengelernt haben … und dass wir seitdem … und dass uns … jawohl, so etwas wie eine Freundschaft verbindet … Das ist ein Grund zum Feiern … und ich möchte … und wenn wir jetzt das Glas erheben … ich meine, wir sollten das förmliche »Sie« … also, ich heiße Walter …!

HERR PRÖHL. Bravo! *(erhebt sein Glas, allgemeines Anstoßen, Zuprosten mit Anrede durch Vornamen)* Liselotte …

FRAU HOPPENSTEDT. Erich …

HERR HOPPENSTEDT. Roswitha …

FRAU PRÖHL. Walter ... Liselotte ...

HERR HOPPENSTEDT. Erich ...

HERR PRÖHL. Walter ...

OBER. Es tut mir leid, aber wir haben nur noch *einen* Kosakenzipfel!

ALLE. Ooooch ...

HERR PRÖHL. Dann nimmst du ihn, Walter!

HERR HOPPENSTEDT. Kommt nicht in Frage, Erich ...

HERR PRÖHL. Dann wird eben brüderlich geteilt ...

FRAU HOPPENSTEDT. Geteilte Freude ist doppelte Freude ... *(Dummes Gelächter)*

HERR HOPPENSTEDT *(zum Ober)*. Also einen Kosakenzipfel!

OBER. Sehr wohl. *(ab)*

HERR PRÖHL. ... und du stehst in der Berufsausbildung, Liselotte?

FRAU HOPPENSTEDT. Ja ... zwei Jahre Jodelschule ...

HERR PRÖHL. Sehr vernünftig!

FRAU HOPPENSTEDT. Dann hab ich mein Jodeldiplom ...

HERR PRÖHL. Sehr vernünftig!

FRAU HOPPENSTEDT. ... und ich hab dann wirklich was Eigenes ...

FRAU PRÖHL. ... und du bist unabhängig ...

HERR HOPPENSTEDT. Erich, deine Frau ist doch vormittags auch berufstätig ...

HERR PRÖHL. Ja ... Roswitha reitet dreimal die Woche ...

FRAU HOPPENSTEDT. Toll!

HERR HOPPENSTEDT. Sehr gut! Als Frau braucht man eine sinnvolle Aufgabe ...

FRAU PRÖHL. Zu Hause komme ich mir völlig überflüssig vor ...

FRAU HOPPENSTEDT. … und Reiter werden ja immer gebraucht …

OBER. Zwei Crème Caramel … ein Kosakenzipfel …

FRAU PRÖHL. Köstlich …

FRAU HOPPENSTEDT. *Der* sieht gut aus!

HERR PRÖHL. Vielen Dank …

HERR HOPPENSTEDT. Danke schön … fang doch an, Erich …

HERR PRÖHL. Neinnein …

HERR HOPPENSTEDT. Ich bestehe darauf!

HERR PRÖHL. Also gut, Walter … genau bis hier! *(deutet mit dem Löffel die Hälfte an)*

(Gelächter; Pröhl isst)

FRAU HOPPENSTEDT *(essend).* Ach, ist das gut!

FRAU PRÖHL. Köstlich!

FRAU HOPPENSTEDT *(hält ihrem Mann einen Löffel hin).* Walter, du *musst* mal probieren!

HERR HOPPENSTEDT. Danke, danke … ich bin ja gleich dran! *(trinkt seinen Wein aus und beobachtet den essenden Pröhl)*

FRAU PRÖHL *(zu ihrem Mann).* … Na, dir schmeckt's aber, Erich!

FRAU HOPPENSTEDT. Lass ihn doch …

HERR PRÖHL *(essend).* Vorzüglich! … Genau die Hälfte … *(schiebt den mehr als halb gegessenen Kosakenzipfel zu Hoppenstedt)*

HERR HOPPENSTEDT *(leicht indigniert).* Na ja … *genau* die Hälfte …?

HERR PRÖHL *(heiter).* Also abgewogen habe ich es nicht! *(Alle lachen, außer Hoppenstedt)*

HERR HOPPENSTEDT. Die Hälfte war ausgemacht!

HERR PRÖHL. Willst du damit sagen, dass ich dich übervorteilt habe …

(Alle lachen, außer Hoppenstedt)

HERR HOPPENSTEDT *(zieht sich den Teller heran).* Neinnein …

HERR PRÖHL. Es klang aber so!

FRAU HOPPENSTEDT. … Mit seinem Kosakenzipfel versteht Walter keinen Spaß … *(Die Damen lachen)*

HERR HOPPENSTEDT. … und wo ist das Zitronencreme-Bällchen?

HERR PRÖHL. Vielleicht habe ich es versehentlich verschluckt, mein Gott …

FRAU PRÖHL. Du hast aber auch wirklich zugelangt, Erich …

HERR HOPPENSTEDT *(entrüstet).* Versehentlich!! Es gab nur noch einen Kosakenzipfel, und den wollten wir teilen …

HERR PRÖHL. Ja doch …

FRAU HOPPENSTEDT. Nu lass doch, Walter!

HERR HOPPENSTEDT. … also auch das Zitronencreme-Bällchen!

HERR PRÖHL *(verunsichert).* … Dafür habe ich weniger von den Mokka-Trüffeln genommen …

HERR HOPPENSTEDT. Weniger? Haha! … *(zeigt drauf)* Hier wäre die Hälfte gewesen … wäre!

HERR PRÖHL. Wo?

HERR HOPPENSTEDT. Hier …

HERR PRÖHL. Aber *diese* Hälfte ist *dicker* … sie ist *dicker* als die, die ich gegessen habe …

FRAU PRÖHL. Erich!

HERR HOPPENSTEDT. Du kannst ja gar nicht *beurteilen*, wie dick *die* Hälfte war, die nicht mehr da ist!

FRAU HOPPENSTEDT. Walter, nu lass doch!

HERR PRÖHL. Aber ich kann beurteilen, wie dick *die* Hälfte ist, die noch *da* ist …

HERR HOPPENSTEDT. Offensichtlich kannst du das eben *nicht*!

FRAU PRÖHL. Ich bitte dich, Erich …

HERR PRÖHL. … *Du* hast doch darauf bestanden, dass *ich* den Kosakenzipfel teile …

HERR HOPPENSTEDT. Weil ich dummerweise mit deiner Zuverlässigkeit gerechnet habe!

HERR PRÖHL. Nein, weil du damit gerechnet hast, dass ich mir aus Höflichkeit die kleinere Hälfte nehmen würde und du dann die größere kriegst …!

HERR HOPPENSTEDT. Das ist doch …!

HERR PRÖHL. … Aber nicht mit mir!

FRAU PRÖHL. Erich, wie kannst du so etwas sagen!

HERR HOPPENSTEDT. Das ist doch …!

HERR PRÖHL. Nicht mit mir!

FRAU HOPPENSTEDT. Ihr verderbt uns den ganzen Abend!

HERR HOPPENSTEDT *(zunehmend erregt)*. Sie haben mir vom Kosakenzipfel kaum was übriggelassen … Sie haben mir das Zitronencreme-Bällchen weggegessen und wagen es noch …

HERR PRÖHL. … Ich wage es zu behaupten, dass Sie mich übervorteilen wollten …!

HERR HOPPENSTEDT. Das ist eine bodenlose Unverschämtheit, die ich mir in dieser Form verbitten muss …

OBER *(eilt beladen herbei und setzt im Vorbeigehen einen zweiten Kosakenzipfel ab)*. … Und den zweiten Kosakenzipfel, die Herren …

HERR HOPPENSTEDT. Aha!

FRAU HOPPENSTEDT. Na, Gott sei Dank!

HERR PRÖHL. Herr Ober, Sie werden bestätigen können, dass dies doch wohl die Hälfte von *diesem* Kosakenzipfel ist …?

OBER. Bitte?

HERR HOPPENSTEDT *(zum Ober).* Halt! Antworten Sie nicht … Sie sind durch diese infame Art der Fragestellung schon beeinflusst! Die Frage ist die: Wäre eine Hälfte der zwei gleich großen Hälften von diesem Kosakenzipfel größer als diese kleine Hälfte …

HERR PRÖHL *(unterbricht).* … als diese absolut gleich große Hälfte!

HERR HOPPENSTEDT. … oder wäre die kleinere Hälfte …

HERR PRÖHL. … diese gleich große Hälfte!

HERR HOPPENSTEDT. … wäre diese Hälfte etwa größer als eine von den beiden gleich großen Hälften?

OBER. *Den* Kosakenzipfel habe ich eben serviert und den *anderen* vorhin … *(eilig ab)*

FRAU HOPPENSTEDT *(hebt ihr Glas).* … Wohlsein!

FRAU PRÖHL *(hebt ihr Glas).* … Wohlsein!

HERR PRÖHL. Kann man hier wohl noch ein vernünftiges Gespräch führen, ohne ständig unterbrochen zu werden?!

HERR HOPPENSTEDT. Ich verbiete Ihnen, in diesem Ton mit meiner Frau zu reden!

HERR PRÖHL. Dann erlauben wir uns zu gehen …!
(Pröhls springen auf, Hoppenstedts folgen)

HERR HOPPENSTEDT. Die Rechnung bitte …

HERR PRÖHL. Erlauben Sie …

HERR HOPPENSTEDT. Bitte sehr …

HERR PRÖHL *(bezahlt im Gehen)*

FRAU PRÖHL. Man soll eben auf Campingplätzen keine Bekanntschaften machen!

(Die Ehepaare stehen sich auf der nächtlichen Straße gegenüber)

FRAU HOPPENSTEDT *(laut)*. Sie haben uns doch zuerst angequatscht!

FRAU PRÖHL *(lauter)*. … Um Sie von Ihrem besoffenen Gatten loszueisen!

FRAU HOPPENSTEDT *(sehr laut)*. Nein, weil Ihr sauberer Herr Gemahl, dieser Campingcasanova, hinter allem her ist, was Beine hat!

(Die Herren ziehen ihre Gattinnen in entgegengesetzte Richtungen, so dass die Paare auf der Straße Abstand gewinnen)

FRAU PRÖHL *(schreiend)*. … Jo … del … schnep … fe!!

FRAU HOPPENSTEDT *(schreiend)*. … Win … sel … stu … te!

FRAU PRÖHL *(schreiend)*. … Rat … te …!

(Die Paare verlieren sich in der Dunkelheit)

Vertreterbesuch

Frau Hoppenstedt ist die Treppe hinaufgegangen. Vor der Hoppenstedt'schen Wohnung im ersten Stock tritt ein Herr mit Köfferchen auf sie zu.

BLÜHMEL. Blühmel ist mein Name, wenn ich Sie einen Augenblick privat sprechen darf …

FR. HOPPENSTEDT *(schließt auf und betritt ängstlich ihre Wohnung).* Ist was passiert?

BLÜHMEL *(das Namensschild lesend und hinter ihr durch die Tür drängend).* Frau … Hoppenstedt, ich komme mit einer großen Überraschung für die Feiertage …

FR. HOPPENSTEDT. Das passt mir heute überhaupt nicht … *(legt ab und nimmt in der Sitzgruppe Platz)*

BLÜHMEL *(klopft an den Rahmen der Wohnzimmertür und betritt den Wohnraum).* Die Firma Pahlgruber & Söhne schenkt Ihnen sechs Flaschen Qualitätswein aus Deutschland und Frankreich nach Ihrer Wahl … *(entnimmt seinem Köfferchen sechs Flaschen, die er rasch entkorkt, und sechs Gläser, die er anhaucht und abwischt. Gießt dann mit gezierten Bewegungen verschiedene Weine in die Gläser und setzt sich)* … die Firma Pahlgruber & Söhne möchte Ihnen aus Anlass der bevorstehenden Feiertage eine Freude bereiten … wenn Sie jetzt kosten wollen … *(nimmt sich selbst das erste Glas und probiert schlürfend)* Nein … nein … nehmen Sie erst diesen … *(probiert aus dem zweiten Glas)*

FR. HOPPENSTEDT *(will nach dem Glas greifen)*

BLÜHMEL *(hat inzwischen den dritten Wein probiert).* Nein … den … den zuerst!

FR. HOPPENSTEDT *(trinkt)*

BLÜHMEL *(probiert gleichzeitig den vierten Wein).* Ja! ... von deutschen Sonnenhügeln frisch auf den Tisch ... eine 77er Oberföhringer Vogelspinne ... abgezapft und originalverkorkt von ... *(schlägt launig auf die Flaschenöffnung)* ... Pahlgruber & Söhne ... Was spüren Sie auf der Zunge ...?

FR. HOPPENSTEDT. ... so ein pelziges Gefühl ...

BLÜHMEL *(liest in der Weinliste).* Falsch! ... die Oberföhringer Vogelspinne ist blumig ... und überrascht durch ihre fruchtige Frische ... Tjaaaa! Und jetzt mal diese beiden ... *(schiebt ihr den ersten und zweiten Wein zu und greift selbst zur fünften Flasche. Frau Hoppenstedt probiert beide Weine nacheinander)*

Der 75er Klöbener Krötenpfuhl *(schiebt ihr den vierten Wein zu)* ... *und* ein 74er Hupfheimer Jungferngärtchen ... *(kichert)* ... abgezapft und originalverkorkt von ... *(schlägt launig auf die Flaschenöffnung)* Pahlgruber & Söhne ... Wohlsein!

FR. HOPPENSTEDT. Ich weiß nicht ...

BLÜHMEL *(schiebt ihr den dritten Wein zu).* ... Und noch mal den zum Vergleich ... Sie müssen ihn unter die Zunge kriegen!

FR. HOPPENSTEDT *(schlürft unbeholfen).* ... das schmeckt alles wie der erste ...

BLÜHMEL. Falsch ... wie der zweite ... *Das* ist es ... einer wie der andere ... *das* ist Qualität! *(probiert Wein fünf und sechs)*

FR. HOPPENSTEDT. Schmeckt er auch nach Korken? Mein Mann fragt immer, ob er nach Korken schmeckt ...

BLÜHMEL. Habe ich gerade probiert ... können sich darauf

verlassen … also ich darf mal notieren … *(nimmt Bestellblock und schreibt)* … Je zwölf Flaschen Oberföhringer-Vogelspinne, Bacharacher Trockenes Domtal, Klöbener Krötenpfuhl und Hupfheimer Jungferngärtchen … abgezapft und originalverkorkt von … *(schlägt launig auf die Flaschenöffnung)* Pahlgruber & Söhne …

FR. HOPPENSTEDT. … und die kriege ich geschenkt? …

BLÜHMEL. … Bei Abnahme von je einem Karton Qualitätswein erhalten Sie je eine Flasche kostenlos … wenn Sie hier unterschreiben wollen …

(Es klingelt)

FR. HOPPENSTEDT. Entschuldigen Sie … *(steht unsicher auf und verlässt das Zimmer)*

Diele

HOPPENSTEDT *(öffnet die Wohnungstür und sieht sich einem Staubsaugervertreter gegenüber, der einen Arm in der Binde trägt)*

JÜRGENS. Herzlichen Glückwunsch, Frau Hoppenstedt, Sie sind die erste Hausfrau, die sich von den sensationellen Eigenschaften unseres Einhand-Saugblasers Heinzelmann persönlich überzeugen kann … *(drängt in die Wohnung)*

FR. HOPPENSTEDT *(mit etwas schwerer Zunge)*. … Da kommen Sie leider sehr ungelegen …

JÜRGENS *(klopft an den Türrahmen)*. Ist das der Wohnraum? *(tritt ein)*

Wohnzimmer

JÜRGENS. Oh, Sie haben Besuch …

FR. HOPPENSTEDT. Das ist Herr Blühmel …

BLÜHMEL *(erhebt sich schwankend).* … Angenehm …

JÜRGENS. Jürgens ist mein Name … *(packt mit routinierten Griffen den Saugblaser aus und setzt ihn zusammen)* Sie haben ein sehr gepflegtes Heim, gnä' Frau, das macht viel Arbeit, und wie ist es mit der Frisur? Sehen Sie, die kommt zu kurz! Die Auslegeware wird gesaugt, und wann wird das Haar geföhnt? Keine Zeit! Alle Hände voll zu tun. Das ist vorbei! Für unseren Saugblaser Heinzelmann brauchen Sie nur *eine* Hand bei doppelter Leistung. Der Saugblaser Heinzelmann pflegt den Raum *und* pflegt das Haar. Es saugt und bläst der Heinzelmann, wo Mutti sonst nur saugen kann … *(sieht sich nach der Steckdose um und steckt das Kabel ein)* … Die durch den Saugstutzen angesaugte Luft wird *im* Filter gereinigt, vorgewärmt und bläst *durch* den Blasstutzen, in die Trockenhaube, *auf* Ihr Haar … darf ich … *(setzt Frau Hoppenstedt die Haube auf. Schaltet ein, die Haube bläht sich auf. Frau Hoppenstedt saugt)* Es saugt und bläst der Heinzelmann, wo Mutti sonst nur saugen kann … Spüren Sie, wie wohl es Ihrem Haar tut?

FR. HOPPENSTEDT *(der die Haube über die Augen gerutscht ist).* Und wie nimmt man die Haube ab?

JÜRGENS. Einfach nach oben … *(stellt das Gerät ab)* Erlauben Sie …? *(nimmt die Haube nach oben ab, wobei die Haare in der Haube hängenbleiben)* Ah-ja! Gut, dass das jetzt passiert, wo ich gerade da bin … gut, dass es jetzt passiert! *(löst die Haube von den verwüsteten Haaren)* … Ich seh mal nach, woran es liegt! *(setzt die Haube sich selbst auf)* *(Aus dem Nebenzimmer erscheint Opa)*

FR. HOPPENSTEDT. Das ist mein Schwiegervater …

JÜRGENS. Jürgens ist mein Name …

BLÜHMEL *(der ständig weiterprobiert hat, erhebt sich schwankend, mit zwei Rotweinflaschen in den Händen).* Blühmel … *(setzt sich)*

OPA *(verschwindet wortlos im Hintergrund und bläst sich einen Marsch)*

BLÜHMEL. … Zwischenzeitlich erlaubt sich die Firma Pahlgruber & Söhne, Ihnen einen vollmundigen Burgunder anzubieten … *(schenkt Frau Hoppenstedt planschend ein)* Damit die Blume sich entfaltet … *(Schluckauf)* … Hopsa … *Das* ist Burgunder … *(gießt aus der zweiten Flasche in dasselbe Glas)* … und *das* ist Bordeaux!

FR. HOPPENSTEDT *(trinkt)*

BLÜHMEL. … Herr Jürgens, Sie sollten sich auch von der Leistungsfähigkeit unserer Firma überzeugen …

JÜRGENS *(mit der Haube auf dem Kopf und Teilen des Saugblasers in der Hand).* … Ich trinke sonst nur abends eine Kleinigkeit …

BLÜHMEL. Bedienen Sie sich … Diese Weine haben die Sonne eingefangen … Wohlsein!

(Alle trinken)

BLÜHMEL. Abgezapft und originalverkorkst von … *(schlägt launig auf die Flaschenöffnung)* Pahlgruber & Söhne …

FR. HOPPENSTEDT *(Schluckauf, kichert)*

BLÜHMEL *(kichert)*

FR. HOPPENSTEDT *(heiter).* Ich mach uns ein paar Schnittchen … *(verlässt schwankend den Raum)*

BLÜHMEL *(hinterherrufend).* … Mit Ei … mit Ei und Wurst!

JÜRGENS *(mit Einzelteilen des Gerätes und einem Glas Wein in der Hand in einer Bedienungsanleitung lesend).*

… den Blasstutzen und den Schlauchstecker in die Schlauchnut … die Schlauchnut schieben … *(nimmt weitere Teile auseinander und legt sie auf die Sessellehne)*

DICKI *(ein etwa siebenjähriges Kind kommt herein, sieht stumm auf Herrn Jürgens und schiebt langsam ein Geräteteil von der Sessellehne, das Jürgens grade noch auffängt)*

JÜRGENS *(bastelnd, mit scharfem Blick auf Dicki).* … den Schlauchstecker durch die Filterhaube ziehen und in die Schlauchnut …

FR. HOPPENSTEDT *(kommt angetrunken mit der Schnittchenplatte zurück)*
Da bin ich wieder …

DICKI *(streckt Herrn Jürgens die Zunge raus)*

JÜRGENS. Ein hübsches Kind … *(Es klingelt)*

FR. HOPPENSTEDT. Entschuldigen Sie bitte … *(erhebt sich schwankend)*

BLÜHMEL *(mit vollem Mund).* Bitte sehr …

Diele

FR. HOPPENSTEDT *(öffnet die Wohnungstür. Ihr Blick fällt auf einen Versicherungsvertreter)*

SCHOBER. Schober ist mein Name, ich komme von der Allgemeinen Hannoverschen Lebens- und Krankenversicherungs-GmbH …

Wohnzimmer

FR. HOPPENSTEDT *(tritt mit Schober ein).* Das ist Herr Schober …

BLÜHMEL *(kauend).* Blühmel …

SCHOBER. Angenehm …

JÜRGENS *(kaut mit glasigem Blick).* Angenehm …

BLÜHMEL. Ach was!

FR. HOPPENSTEDT. Bitte, nehmen Sie doch Platz … Dicki … geh schön spielen … *(setzt sich)*

DICKI *(schiebt ein Geräteteil von der Sessellehne und streckt die Zunge heraus)*

SCHOBER *(nimmt Akten aus seiner Tasche. Setzt sich).* Gnä' Frau, Sie haben den Tarif B 12 mit Tagegeld und A 3 Zahnersatz …

BLÜHMEL *(reicht ihm ein Glas).* … Da wird Sie eine kleine Kostprobe deutscher Qualitätsweine interessieren …

SCHOBER *(greift zu).* … Sehr freundlich … *(trinkt)*

JÜRGENS *(kauend).* … Übrigens ist dieses Gerät in Silbergrau und Ruschiss … Russischgrün lieferbar … ich muss nur noch den Stauchschlecker … den Schlauchstecker in die Schnut … in die Schlauchnut schieben … *(trinkt)*

FR. HOPPENSTEDT. Muss ich denn jedes Mal, wenn ich sauge oder saugblase, den Schlauchstecker in die Schlauchnut schieben?

JÜRGENS. … wie Sie wünschen, gnä' Frau …

BLÜHMEL *(hebt ein Glas).* Wohlsein!

FR. HOPPENSTEDT. Wohlsein!

SCHOBER. Wohlsein!

JÜRGENS. Wohlsein!

(Alle trinken, die Stimmung steigt)

BLÜHMEL. Sei kein Frosch, Herr Jürgens …

JÜRGENS *(mit schwerer Zunge).* … ich liebe den Saugblaser Heinzelmann, weil ich den Saugblaser liebe *und* den Heinzelmann …

BLÜHMEL *(lallend)*. ... Herr Schober ist kein Frosch ... gnä' Frau ist kein Frosch ... und ich bin kein Frosch ...

FR. HOPPENSTEDT. Meine Herren ...

SCHOBER *(klopft ans Glas)*. Pscht ... pscht ... Frau Hopp ... Frau Hopp ... Frau Hoppenstedt will was sagen ...

FR. HOPPENSTEDT *(mit glasigem Blick)*. Meine Herren ... nicht nur der Mann hat das Recht auf eine sinnvolle Tätigkeit ... auch ich als Frau habe Anspruch darauf, ein Glied zu sein ... in der Gesellschaft ... ein selbständiges Glied ... das auf eigenen Füßen steht ... ein eigenes Glied ... Wohlsein ... *(erhebt das Glas)*

BLÜHMEL. Wohlsein ...

JÜRGENS. Wohlsein ...

SCHOBER. Wohlsein ...

(Alle setzen zum Trinken an)

HR. HOPPENSTEDT *(betritt das Zimmer und erstarrt)*

FR. HOPPENSTEDT. Das ist mein Mann ...

(Die Herren erheben sich taumelnd)

Herr Blühmel ... Herr Jürgens ... Herr Schober ...

SCHOBER. ... die Hannoversche Allgemeine ... die Allgemeine Hannoversche Lebens- und Krankenversicherungs-GmbH beehrt sich, Ihnen die Allgemeinen Hannoverschen Lebens- und Krankenversicherungstarife nach der allgemeinen ... der allgemeinen ...

BLÜHMEL. Ich bin kein Frosch ...

JÜRGENS *(ins Wort fallend)*. ... Sie haben so wundervolles Haar ... *(setzt dem kahlköpfigen Herrn Hoppenstedt die Haube auf)* ... Es saugt und bläst der Heinzelmann ...

FR. HOPPENSTEDT. ... wo Mutti sonst nur blasen kann ...

BLÜHMEL. Sei kein Frosch ...

Die Jodelschule

Etwa fünfundzwanzig Schüler im Alter zwischen dreißig und fünfzig Jahren sitzen im Unterrichtsraum eines Instituts für Erwachsenenbildung. Der Lehrer diktiert, die Schüler schreiben mit.

LEHRER. Holleri di dudl jö … *(langsam wiederholend)* Holleri di dudl jö …

DR. SUDERMANN. Wie schreibt man »di dudl«?

LEHRER. Wie man's spricht: Di-du-dl … *(fährt fort)* Diri di di dudl dö … *(langsam wiederholend)* Diri di di dudl dö …

LILIENCRON. Du – del?

LEHRER. Dl … dudl … *(fährt fort)* Hollera di dadl do … *(langsam wiederholend)* … Hollera di dadl do … Holleri du dödl di … *(langsam wiederholend)* … Holleri du dödl di … Diri diri dudl du … *(langsam wiederholend)* … Diri … diri dudl du … das genügt … Wir wollen versuchen, die bisher erarbeiteten Grundmotive des Erzherzog-Johann-Jodlers frei vorzutragen … bitte Herr Doktor Sudermann … Holleri …

DR. SUDERMANN *(langsam)*. Holleri … di …

LEHRER. Dudl …

DR. SUDERMANN. Dudl …

LEHRER. Jö …

DR. SUDERMANN. Jö …

LEHRER. Herr von Liliencron … Hollera …

LILIENCRON. Hollera di dadl do …

LEHRER. Danke … Frau Hoppenstedt …

FR. HOPPENSTEDT. Hollera da didl …

LEHRER *(unterbricht)*. Holleri …

FR. HOPPENSTEDT. Holleri di dudl du …

LEHRER *(unterbricht)*. Du dödl di …

FR. HOPPENSTEDT. Äh … Holleri du dödl du …

LEHRER. Du dödl di … im ganzen Satz …

FR. HOPPENSTEDT. Hollerö dö dudl dö …

LEHRER. Du dödl di! Dö dudl dö ist zweites Futur bei Sonnenaufgang … Holleri du didl do …

FR. HOPPENSTEDT *(verbessernd)*. … Di dudl dö …

LEHRER. Äh … du dödl di …

FR. HOPPENSTEDT. Hollahi …

LEHRER. Holleri …

FR. HOPPENSTEDT. Holleri … dö didl …

LEHRER. Du dödl …

FR. HOPPENSTEDT. Du dödl di …

LEHRER. Und alle bitte …

SCHÜLER. Holleri du dödl di … diri diri dudl dö …

LEHRER. Danke, das war's für heute … Wir sehen uns wieder am Donnerstag um 15 Uhr 30 …

(Die Schüler verlassen den Schulraum. Reporter Schmoller vertritt Frau Hoppenstedt den Weg. Der Lehrer tritt dazu)

SCHMOLLER. Entschuldigen Sie, ich komme von Radio Bremen … würden Sie so freundlich sein und für unser Frauenjournal ganz kurz ein paar Fragen beantworten …?

FR. HOPPENSTEDT. Wenn es nicht zu lange dauert …

SCHMOLLER. Wie ist Ihr Name?

FR. HOPPENSTEDT. Hoppenstedt …

SCHMOLLER. Herr Dr. Vogler, wie erklären Sie sich den ständig wachsenden Zulauf Ihres Institutes?

LEHRER. Ja, da haben Sie ganz recht … Herr … Schmoller … ich habe das Vogler-Institut … das Institut für modernes Jodeln … persönlich ins Leben gerufen … Das Jodeln … also das Diplomjodeln … das Jodeln mit Jodeldiplom … also mit Jodelabschluss … mit Jodeldiplomabschluss, unterscheidet sich vom Jodeln ohne Jodeldiplom. Das Diplomjodeln ist also nicht zu vergleichen mit dem Normaljodeln ohne Diplom … Also ohne Jodelabschluss … Jodeldiplomabschluss …

LILIENCRON. Entschuldigung, du dödl du?

LEHRER. Du dödl di!

SCHMOLLER *(zu Frau Hoppenstedt).* Frau Hoppenstedt, was hat Sie als Frau veranlasst, in eine Jodelschule einzutreten?

FR. HOPPENSTEDT. Da regt mich ja die Frage schon auf! Was heißt denn »Sie als Frau«?! Eine Berufsausbildung ist doch nicht grundsätzlich von Männern gepachtet!

SCHMOLLER. … Ich meine ja auch nicht …

FR. HOPPENSTEDT. … Ich finde, gerade eine Hausfrau mit Familie sollte eine abgeschlossene Berufsausbildung haben. Wenn mal die Kinder aus dem Haus sind oder es passiert irgendwas … dann habe ich nach zwei Jahren Jodelschule mein Jodeldiplom … da hab ich was in der Hand … und ich habe als Frau das Gefühl, dass ich auf eigenen Füßen stehe … Da hab ich was Eigenes … da hab ich mein Jodeldiplom. Ich möchte auch als Frau eine sinnvolle Tätigkeit ausüben und nicht nur am Kochtopf stehen und meinem Mann die Hausschuhe hinterhertragen …

SCHMOLLER. Ist Ihr Gatte auch dieser Ansicht?

FR. HOPPENSTEDT. Mein Mann möchte eine echte Partnerin haben, die ihre eigenen geistigen Fähigkeiten entwickelt … für die Familie, für die Gesellschaft …

SCHMOLLER. Holleri du dödl do …

FR. HOPPENSTEDT *(korrigiert).* Di dudl dö!

LEHRER *(korrigiert).* Du dödl di!

(Herr Hoppenstedt tritt dazu, um seine Frau abzuholen)

FR. HOPPENSTEDT. Das ist mein Mann … Herr Schmoller …

HR. HOPPENSTEDT. Hoppenstedt …

SCHMOLLER. Angenehm …

HR. HOPPENSTEDT. Angenehm … Sie jodeln mit meiner Frau?

SCHMOLLER. Nein, ich bin von Radio Bremen …

HR. HOPPENSTEDT. Ach! … meine Frau jodelt beruflich …

FR. HOPPENSTEDT. Herr Schmoller hat gerade ein Interview für den Frauenfunk …

HR. HOPPENSTEDT *(unterbricht).* … Sie studiert hier Jodeln an der Fachschule für Jodeln …

SCHMOLLER. Ich habe gerade mit Ihrer Frau …

HR. HOPPENSTEDT *(unterbricht).* … und macht dann in zwei Jahren ihr Jodeldiplom …

FR. HOPPENSTEDT. Das habe ich eben …

HR. HOPPENSTEDT. Dann ist sie selbständig … eine Frau sollte heutzutage eine abgeschlossene Ausbildung haben und auf eigenen Füßen stehen …

SCHMOLLER. Ich habe das …

HR. HOPPENSTEDT. … Man braucht als Mann eine Partnerin … eine Frau mit eigenem Lebensbereich …

FR. HOPPENSTEDT. Jaja …

HR. HOPPENSTEDT. Sie muss ihre persönlichen Fähigkeiten entwickeln, damit sie was Eigenes hat …

SCHMOLLER. Ja …

HR. HOPPENSTEDT. … Wenn die Kinder mal aus dem Haus sind, dann hat sie ihr Jodeldiplom … dann hat sie was Eigenes …

(Betretenes Schweigen)

SCHMOLLER. Tja … dann also … *(verabschiedet sich durch Kopfnicken und entfernt sich)*

HR. HOPPENSTEDT. Die tun immer so, als wüssten sie alles …

FR. HOPPENSTEDT. Ich habe ihm das alles doch eben schon …

HR. HOPPENSTEDT *(unterbricht)*. … Du solltest mich vor allem nicht unterbrechen, wenn ich einem Herrn etwas mitzuteilen habe …

Zu dieser Ausgabe

Die Texte stammen aus der folgenden Ausgabe:

Loriot: Dramatische Werke. Hrsg. Susanne von Bülow, Peter Geyer, OA Krimmel. Zürich: Diogenes, 2016. –

Die Erstsendedaten der ausgewählten Beiträge lauten wie folgt:

30. 8. 1972	Deutsch für Ausländer, Bundestagsrede
25. 12. 1972	Marzipankartoffeln
13. 11. 1974	Das Beethoventrio
6. 3. 1976	Der Lottogewinner, Filmanalyse, Studiointerview
18. 10. 1976	Schmeckt's?
16. 5. 1977	Das Frühstücksei, Das Filmmonster, Fernsehabend, Feierabend
7. 11. 1977	Bettenkauf, Eheberatung, Der sprechende Hund, An der Opernkasse, Skat, Inhaltsangabe
15. 6. 1978	Herren im Bad, Mutters Klavier, Parkgebühren, Feuergeben
7. 12. 1978	Kosakenzipfel, Vertreterbesuch, Die Jodelschule

Lizenzausgabe mit freundlicher Genehmigung der Diogenes Verlag AG Zürich.

Nachwort

Wer heute für die meisten Einträge im kollektiven Zitatenschatz der Deutschen verantwortlich ist, lässt sich kaum seriös beantworten. Doch es sollte uns nicht überraschen, wenn es keiner der Weimarer Klassiker wäre, auch nicht Heinrich Heine und schon gar nicht Theodor W. Adorno, der uns zwar u.a. mit den *Minima moralia* (1951) reichlich Zitierenswertes hinterlassen hat, aber leider *nicht* die Äußerung: »Ja, ja, die Musik.« Die hat ihm einer der wahrscheinlich meistzitierten Deutschen untergeschoben, nämlich der als Bernhard-Viktor Christoph-Carl von Bülow geborene Erfinder der Familie Hoppenstedt und des Saugblasers Heinzelmann: Loriot.

Fast jeder kennt Loriot-Szenen. Und was weit schlimmer ist: Fast jeder kennt Menschen, die Loriot-Szenen kennen – und die das auch noch gern unter Beweis stellen. Es genügt, sie einmal kurz anzustupsen, und schon sprudeln zahllose Textbeispiele aus ihnen hervor. Kaum werden diese Menschen im Alltag von einem banalen Störgeräusch oder am Heiligabend von einer Attacke beklemmender Gemütlichkeit heimgesucht, schon liegt ihnen der passende Satz auf der Zunge: »Was ist Trumpf?« oder »Ich möchte hier sitzen« oder auch »*Aaaa*-ber nicht mit mir!«

Natürlich hat Loriot mehr geschaffen als einzelne Sätze – und deswegen wäre es auch verkehrt, ihn unter die Dichterfürsten abzuheften, deren fünfaktige Trauerspiele vom Deutsch-Leistungskurs pflichtbewusst über die Fußnoten erschlossen werden und mit deren wuchtigsten Sentenzen wir unsere Abreißkalender befüllen. Das mag auswendig lernen, wer will. Doch auch wenn Loriot zwar an einer Stelle demonstriert, dass man selbst bei einer Reiseflughöhe von 9000 Metern mit ein bisschen Rilke im Gepäck Freundschaftsbande knüpfen kann (jedenfalls, solange kein Dritter mit Do-It-Yourself-Versen dazwischenfunkt), hinterlässt er uns als warnendes Beispiel die unbeseelten Konversationsroboter aus Herrn Blühmels Benimmkurs, die sich ausschließlich in auswendig gelernten Floskeln unterhalten (»Ein Gläschen Mosel kann nicht schaden!«).

Loriot selbst hat sich gegenüber dem Etikett des Klassikers ironische Distanz bewahrt. Ikonen des 19. Jahrhunderts versieht er in seiner Porträtsammlung *Große Deutsche* (1998) mit seinen charakteristischen Knollennasen, und weder vom literarischen noch vom musikalischen Kanon bleibt bei ihm viel übrig, sobald seine Figuren darauf losgelassen werden. Das »Beethoventrio« verwechselt die Notenblätter und verliert sich in kleinen Scharmützeln; das an der »Opernkasse« anstehende Ehepaar interessiert sich für den *Siegfried* weniger aufgrund der Musik, sondern vor allem wegen der Schauwerte (»Aber den Drachen hätte ich doch ganz gern gesehen«); und die beiden Kritiker, die gemeinsam die »Filmanalyse« bestreiten, haben zwar die griechische Tragödie studiert, aber darüber anscheinend ihren Humor und damit auch ein Stück ihrer Menschlichkeit eingebüßt. An dem Schriftsteller, der in *Pappa ante Portas* (1990) von Frau Lohses Kulturverein zur Lesung eingeladen wird, demonstriert Loriot zudem eindrücklich, dass es zum Scheitern verurteilt ist, Klassiker zu Lebzeiten auszurufen. In ihrer Anmoderation verheddert sich Frau Lohse zunächst beim Versuch, den Ehrengast als den »bedeutendsten lebendsten … also noch lebendigen Vertreter moderner Lyrik« zu würdigen, und bleibt dann auf ihre großspurige Ankündigung, der Künstler sei

»rund um den Erdball zum Begriff geworden«, der richtigen Namen schuldig: Frohlein? – Froh-*wein*!

In *Loriots 60. Geburtstag* (1983) wird der Gag schon einmal mit einer völlig aus dem Ruder laufenden Ehrung durchgespielt, die eher Panne als Panegyrik bietet. Wenn der Jubilar am Ende dieser maßlosen Beweihräucherung mit Festrede, Chor und Tänzerinnen in den Dichter-Olymp auffahren soll, dabei aber wie ein Erhängter über den Köpfen des Festkomitees baumelt, wird dem Publikum suggeriert, das Etikett des ›Klassikers‹ sei im Grunde ein Todesurteil. Was in Stein gemeißelt, aber nicht mehr aus ehrlich empfundener Begeisterung verinnerlicht wird, was ins Regal gestellt und allenfalls in regelmäßigen Abständen abgestaubt wird, kann nicht mehr zu uns sprechen. Doch Loriot beweist, dass ein Klassiker auch lebendig sein kann. Wer mit seinen Arbeiten großgeworden ist, empfiehlt sie eifrig weiter an die nächste Generation. Seine Kanonisierung liegt nicht – oder jedenfalls nicht *ausschließlich* – in den Händen einer selbsternannten Elite, die sich in kryptischen Stichwörtern unterhält (»Holleri du dödl di!«), sondern sie geschieht basisdemokratisch, durch Mundpropaganda und geteiltes Lachen, aus unverhohlener Begeisterung.

Wir reden hier von einem fast nur aus ›Greatest Hits‹ bestehenden *Lebenswerk* – ohne dass Loriot sein ganzes Leben daran gearbeitet hätte. Die meisten seiner fürs Fernsehen produzierten komischen Szenen und Trickfilme sind in den 1970er Jahren entstanden, zunächst für den Süddeutschen Rundfunk und später im Rahmen der nach ihm benannten, sechsteiligen Reihe für Radio Bremen (*Loriot I–VI*, 1976–78) – eine imposante Karriere als Zeichner lag da bereits hinter, Opernregie und Kinoerfolge noch vor ihm. Im Laufe von Loriots Werdegang finden sich mehrere solcher geballten Arbeitsschübe, die sich jeweils auf ein Medium konzentrieren und von einem beispiellosen Perfektionismus zeugen – vergleichbar vielleicht dem Sommer 1788, in dem Mozart seine drei letzten (und schönsten) Sinfonien geschrieben hat, oder den gerade mal acht Jahren, die die Beatles gebraucht haben, um sich mit einem Dutzend Alben unsterblich zu machen.

Dass ich musikalischen Beispielen hier den Vorzug gebe, ist kein Zufall. Einerseits müsste Loriot in der notorisch komikfeindlichen Umgebung des deutschen Literaturkanons immer ein Exot bleiben; andererseits vermute ich, dass viele Loriot-Zitate bei uns dort abgespeichert sind, wo sich auch die besonders hartnäckigen Ohrwürmer verschanzen, irgendwo zwischen Beethovens Fünfter (»Da-da-da-*daaaa*!«) und dem Refrain von *Hey Jude* (»Laaaaa, laa-laa, *la*-la-la-laaa-aaaa!«). Denn die Katalogprosa des Matratzenverkäufers Herrn Hallmackenreuter oder die eskalierenden Schimpftiraden der um den letzten Kosakenzipfel streitenden Ehepaare Hoppenstedt und Pröhl spuken uns ja nicht nur im exakten Wortlaut durchs Unterbewusstsein, wie es vielleicht Schiller-Zitate tun. Wir haben Loriots Sätze sogar mit der passenden, das heißt: mit der einzig richtigen Intonation parat, wie eine musikalische Phrase. Der für seine Improvisationsfeindlichkeit berüchtigte Loriot hat da vorgesorgt, indem er die Texte seinem u. a. aus Evelyn Hamann, Heinz Meier und Rudolf Kowalski bestehenden Ensemble manchmal sogar vorgesprochen hat.

Wer versuchen würde, Loriot ›vom Blatt‹ zu lesen, käme vielleicht auf die Idee, in der strengen Ermahnung von Herrn Müller-Lüdenscheidt in Richtung von Herrn Dr. Klöbner (»Die Ente bleibt draußen!«) das *letzte* Wort zu betonen, aber wer es einmal im Ohr hat, weiß natürlich, dass der Hauptakzent auf der *En*-te liegen muss. Ebenso bedarf die nostalgische Anrufung vergangener Weihnachtstage, die durch die gute Stube von Familie Hoppenstedt schallt (»Früher war mehr Lametta!«), der sturen Heiserkeit von Opa Hoppenstedt, um ihre volle Wirkung zu entfalten. Mich erinnert die gerade einmal vier Wörter umfassende Litanei des schrulligen Seniors sogar an das berühmte letzte Wort, das Orson Welles seinem tragischen Helden in *Citizen Kane* (1942) in den Mund legt: »Rosebud!« Wo Kane dem Zauber kindlicher Schlittenfahrten nachtrauert, da wünscht sich Opa Hoppenstedt üppigeren Weihnachtsschmuck zurück. Im direkten Vergleich ist es ausnahmsweise der *deutsche* Beitrag zum Weltkulturerbe, der die Schwermut des Alters in eine leichtfüßige Form gießt, während die amerikanischen Kollegen ein gewichtiges Schwarzweiß-Epos aufbieten – normalerweise läuft das umgekehrt.

Diese Leichtfüßigkeit macht uns, den vielen Fans von Loriot, schon seit Jahrzehnten Lust auf ein Wiedersehen – und obendrein aufs Nachlesen. Längst zirkulieren die Loriot-Szenen nicht bloß im Fernsehen und auf DVD, die Texte sind auch in Prachtausgaben erhältlich, in deren Titeln (*Meisterwerke*, *Dramatische Werke*, *Gesammelte Prosa*) das Wort »Sketche« interessanterweise nicht auftaucht. Das hat aus etymologischer Sicht auch seine Richtigkeit, denn der aus dem Englischen stammende Begriff des Sketchs bezeichnet ja zunächst mal eine eilig dahingeworfene Skizze – eine erste Vorstufe, die der Künstler später mit mehr Sorgfalt und unter Nutzung der gesamten Palette zum eigentlichen Hauptwerk vollendet. Im Feld der Komik hat der Sketch seine eigene Bedeutung (als zum Lachen reizende, locker hingeworfene Nummer), aber die Bedeutungsschattierung »unfertig« klebt trotzdem noch an ihm. Schließlich haben sich einige der größten Komödianten – Chaplin dürfte das prominenteste Beispiel sein – mit nicht viel mehr als einer losen Skizze an die Arbeit gemacht und dann die exakte Choreographie komischer Missgeschicke in stunden-, manchmal wochenlangen Proben durch Ausprobieren freigelegt. Auf die Idee, das Ganze dann noch einmal in Drehbuchform nachzulesen, käme bei Chaplin wohl niemand, und das liegt nicht bloß daran, dass dessen Stummfilme eher dialogarm geraten sind.

Im Unterschied zu den Blaupausen, mit denen sich viele andere Humorschaffende an die Arbeit gemacht haben, haftet an Loriots Werken keinerlei sketchartige ›Unfertigkeit‹. Sie werden bewundert und nachgelesen als fertige Partituren, die keiner Aktualisierung oder Verbesserung bedürfen. Das macht sie nicht zuletzt für ein konservatives Publikum attraktiv, das sich aus Furcht vor der Aktualisierungs- und Revisionsfreudigkeit des modernen Regietheaters nicht mehr an neue Shakespeare- oder Kleist-Inszenierungen herantraut, zollt es seinen Respekt doch lieber dem ›Original‹. Die Schöpfer dieser Originale haben es sich aber auch selbst zuzuschreiben, wenn ihre Werke gekürzt und anderweitig zurechtgestutzt werden. *Hamlet* (1601) beläuft sich auf rund 4000 Verse; für den von Loriot innig geliebten *Ring des Nibelungen* (1876) werden 16 Stunden Aufführungsdauer veranschlagt. Demgegenüber handelt es sich bei Loriots Arbeiten, wie er selbst an einer Stelle bemerkt, um ein »Kolossalwerk, dessen Bedeutung nicht zuletzt in seiner überraschenden Handlichkeit liegt«. Ein solcher Klassiker für die Westentasche dürfte eigentlich allen zusagen, nicht nur denen, die auch die Vorzüge des Saugblasers Heinzelmann zu schätzen wissen.

Wieland Schwanebeck

Inhalt